スパイ教室 短編集04

NO TIME TO 退

code name
百鬼

SPY ROOM

NO TIME TO STAND STILL

スパイ教室 短編集04

NO TIME TO 退

竹町

ファンタジア文庫

3282

口絵・本文イラスト　トマリ
銃器設定協力　アサウラ

SPY ROOM
the room is a specialized institution of mission impossible
NO TIME TO TAI

CONTENTS

CHARACTER PROFILE

愛娘
Grete

ある大物政治家の娘。
静淑な少女。

花園
Lily

僻地出身の
世間知らずの少女。

燎火
Klaus

『灯』の創設者であり、
「世界最強」のスパイ。

夢語
Thea

大手新聞社の
社長の一人娘。
優艶な少女。

灰燼
Monika

芸術家の娘。
不遜な少女。

百鬼
Sibylla

ギャングの家に
生まれた長女。
凛然とした少女。

愚人
Erna

元貴族。事故に頻繁に遭遇する不幸な少女。

忘我
Annett

出自不明。記憶損失。純真な少女。

草原
Sara

街のレストランの娘。気弱な少女。

Team Otori

凱風
Queneau

鼓翼
Culu

飛禽
Vindo

羽琴
Pharma

翔破
Vics

浮雲
Lan

Team Homura

紅炉 **Veronika**	炮烙 **Gerute**	煤煙 **Lucas**
灼骨 **Wille**	煽惑 **Heidi**	炬光 **Ghid**

Team Hebi from ガルガド帝国

翠蝶

白蜘蛛　蒼蠅

銀蝉　紫蟻

藍蝗　黒蟷螂

『CIM』from フェンド連邦

『Hide』―CIM最高機関―

呪師
Nathan

魔術師
Mirena

他三名

『Berias』―最高機関直属特務防諜部隊―

操り師
Amelie

他、蓮華人形、自壊人形など

『Vanajin』―CIM最大の防諜部隊―

甲冑師
Meredith

刀鍛冶
Mine

Other

影法師
Luke

索敵師
Sylvette

道化師
Heine

旋律師
Khaki

プロローグ　NO TIME TO 退去

タイプライターの鳴らす音が小気味よく響いていた。

指で触れると、紙に文字が記されると共にカタカタと軽快な音を立てる。一定のリズムで奏でられる音は心地よく、まるで雨音のようなリラックス効果がある。かつて音の小さなタイプライターも開発されたらしいが、消費者に好まれなかったという。その理由も、この音を聞いていれば分かるというものだ。

陽炎パレスと呼ばれる壮麗な洋館の食堂で、九人の少女たちがタイプライターに向き合っていた。

人形のような美しさを持つ、小柄な金髪の少女──『愚人』のエルナが途中、タイプの手を止め、んー、と身体を伸ばした。

「……任務報告書の量がとんでもないことになっているの」

「仕方ないっすよ。今回の任務は、とても大変だったたっすから」

それに答えるのは、キャスケット帽を被った茶髪の少女──『草原』のサラ。右手に包帯が巻かれた彼女は器用に片手でタイプライターに臨んでいる。

スパイチーム『灯（ともしび）』の光景だった。

――フェンド連邦での過酷な任務から帰還した直後である。

エリートチーム『鳳（おおとり）』の壊滅の知らせを聞いて、フェンド連邦に駆けつけ、諜報（ちょうほう）機関ＣＩＭとの騙（だま）し合いに及んだ。その後『氷刃（ひょうじん）』のモニカの裏切りや『蛇（へび）』との壮絶なバトルを経て、なんとか任務を達成し、帰国して今に至る。

戻ってきた少女たちがまず命じられたのは、膨大な量の任務報告だった。

「でも、ちょうどいいっすね」

サラが手を動かしたままで、微笑（ほほえ）む。

「今は皆さん、怪我（けが）が酷（ひど）いので……ちょっと任務からは遠ざからないと」

「ん！　これを乗り越えたらバカンスが待っているの！」

「はい、頑張りましょう！　もうすぐ楽しい休暇が始まるっす！」

今回の任務は、見聞きした全てが機密情報になるような重要性の高い任務だった。報告書を全て記すだけで数日がかりとなる。

『灯』の少女たちは全員食堂に集い、目の前のタイプライターを叩いていた。

朝の光が差す中で、作業に没頭している。

彼女たちはそれぞれのスタンスで報告書を綴っていた。

「俺様、もうこんな面倒くさい作業こりごりですっ！」

すっかり飽きてしまっているのは、『忘我』のアネット。大きな眼帯をつけ、髪を乱雑に縛り上げている灰桃髪の少女。

「――ハッ！　ここで私の雄姿を記せば、私の出世の道筋が切り開かれるのでは⁉」

出世欲に駆られながら、やりすぎない範囲で誇張表現を増やすのは『夢語』のティア。抜群のプロポーションを有する、黒髪の少女。

「……どうかボスの活躍が、後世まで残りますように………」

そして、まるで恋愛小説のようにボスであるクラウスの描写と自身の触れ合いを綴っている『愛娘』のグレーテ。ガラス細工のような儚さを纏う、華奢な赤髪の少女。

つまりは普段通りの『灯』の光景だったのだが、この時はある異分子が混じっていた。

そう――食堂には九人の少女がいたのである。

「ううむ、指さえ扱えれば、もっと速く打てるのでござるのに……」

その異分子の名は――『浮雲』のラン。

臙脂色の髪を頭の後ろで縛っている、線で引かれたように目鼻立ちがハッキリした少女だ。両手全ての指が骨折という痛ましい怪我を負った彼女は、右手に取り付けられた固定具を器用に扱い、タイプライターのキーを叩いている。

「「「「「……………………」」」」」

彼女が発言した瞬間、食堂が一斉に静まり返る。

直後、三人の少女が同時に立ち上がって、食堂の外に移る。

食堂に面する廊下に集まったのは、『百鬼』のジビア——鋭い眼光の白髪の少女。『氷刃』改め『灰燼』のモニカ——アシンメトリーに髪を整えた、蒼銀髪の少女。そして『花園』のリリィ——豊満なバストが特徴の銀髪の少女。

ジビア、モニカ、リリィは全員集まって、小声で相談を始めた。

「な、なぁ、さすがに疑問なんだが……」

「そうだね、ボクも不思議に思っていた」

「そろそろ解決しないといけない問題ですよねぇ」

言葉が発せられたのは、同時。

「「「あの女、いつになったら出て行くんだ……？」」」

そう、現在『灯』は大きな問題を抱えていた。
あの女――『浮雲』のランが、いつまでも陽炎パレスから帰る気配がないのだ。

◇◇◇

思えば、ランは任務途中からずっと『灯』と一緒に行動していた。

フェンド連邦で孤立していた彼女を保護して以降、『灯』の一員のように任務に貢献してくれた。最終的に『白蜘蛛』との決戦では、『灯』の秘策――コードネーム『炯眼』を戦場に連れて来るという大役を果たしてくれた。

帰国当日も彼女は陽炎パレスまで戻ってきた。

「……あ、あの、すまない申し出でござるが」

帰国初日、ランはおずおずと口にした。

「今日はここに泊まってよいでござるか？　この両手じゃ帰るのも大変でな」

「もちろんですよ！　一緒に任務をこなした仲間じゃないですか！」

当然、その日はリリィも快く彼女に寝室を貸し与えた。

「……思えば、任務直前ここで『鳳』と『灯』は共に時間を過ごしたな」

帰国から二日後、ランはよく寂し気な顔で談話室で寛いでいた。

「追憶に耽りたいでござる。もう少し時間をくれるか？」

「おう。お前の気が済むまで、ゆっくりしていけよ」

ジビアは仲間を失った彼女を慰めつつ、優しく肩を叩いてやった。

「ううっ、仲間を失ったトラウマが……っ‼」

帰国から四日後、少女たちが声をかけようとすると、ランは突如頭を抱えた。

「モ、モニカ殿。すまないが、今は一人になりたくない。今晩はこの賑やかな空間で眠りにつきたい。よいでござるか？」

「…………ま、いいよ」

苦悶するランに、いくら手厳しいモニカと言えど不満は伝えられなかった。

かくして帰国してから五日経ってても、ランは陽炎パレスに居座り続けた。

無論陽炎パレスは『灯』の拠点であって、部外者をおいそれと泊めていい場所ではない。一時期『鳳』が寝泊まりしていたのは、あくまで特例だ。

リリィが両腕を組んで、うーん、と唸る。

「……いや、あそこまで『仲間を失ってつらいムーヴ』をかまされると、すぐに出て行け、とも言い難いんですよね」

少女たちが言い出せないのは、そんな気まずさが理由だ。ランが所属していた『鳳』は、彼女以外が死亡という凄惨な結末を迎えた。対して奇跡的に全員生存している『灯』の少女たちは、ランに形容しがたい引け目のような感情を抱えている。

ジビアもまた「でも、このまましれっと居座られてもなぁ」と顔をしかめる。

「ま、この件はボクたちが悩んでも仕方がないか」

モニカが小さく息を漏らした。

「さすがにクラウスさんが確認しているでしょ。既に話がついているんじゃない？」

確かに、とジビアとリリィが納得して頷く。

この陽炎パレスの主は、『灯』のボス――クラウスである。彼がランの件を把握していないはずがない。

すると、そこでタイミングよく廊下の向こうからクラウスがやって来た。

「ん、お前たち。良いところに」

「あ、クラウス先生」リリィが手を振る。

長身長髪の端整な顔立ちの青年――『燎火』のクラウス。「世界最強のスパイ」を自称する、規格外の実力を有する少女たちの上司。

その彼が不思議そうにリリィたちへ尋ねる。

「一つ聞きたいんだが――ランは一体いつ出て行くんだ？」

「「「誰も把握してねぇっ‼」」」

まさかの事実が発覚し、驚愕する三人。

示し合わせたように、リリィ、ジビア、モニカは食堂に戻っていく。

食堂ではランがアンニュイな溜め息を漏らして、サラに話しかけていた。

「サラ殿、すまないがケーキを焼いてくれるか？　『鳳』が『灯』と一緒に食べた、あの味を懐かしみたい……それを紅茶と味わいながら兄さんたちのことを弔い――」

「「「コラあああああああああ‼」」」

「――っ⁉」

「いつになったら出て行くんです⁉」「実は結構立ち直ってんだろ！」「どんどん要求が図々しくなっていくよねぇ⁉」

「くっ、演技がそろそろ通じなくなってきたでござるか……‼」

悔しそうに呻くラン。

やはり既に哀しみからは脱却できているようだ。これを利用してケーキまで要求するのだから、随分と図太いメンタルをしている。

もう逃がさないと言わんばかりに、リリィたちはランを取り囲む。

追い詰められたランは余計な抵抗をやめ、食堂に入ってきたクラウスに顔を向ける。

「クラウス殿、一つお願いがあるでござる」

「なんだ？」

「自分も『灯』に加入できないだろうか？」

「……まさか、こんな軽く頼まれるとはな」

呆れかえったようにクラウスは、乾いた声を漏らした。

返答は早かった。

「――断る。これ以上面倒な奴は増やせない」

「ござっ⁉」

「『灯』は不可能任務をこなすスパイチームだ。死と隣り合わせで、現状、僕だけで八人の少女の命を守っている。さすがに九人は面倒見切れない」

ただでさえ危険な任務をこなした直後だ。クラウスの目が行き届かず、裏切り者が現れる事態もあった。メンバーを増やすのは、現実的ではなかった。

「そうか、仕方ないでござるな――」

ランは困ったように顔をしかめた。

「――では、一人クビにしてくれ」

「とんでもねぇこと言いだしたぞ、コイツ‼」ジビアが吠える。

無論その提案は、『灯』の少女たちから批難囂々である。先ほどまでランに同情的な視線を向けていたサラも呆れた笑いをしてみせる。

収拾がつかなくなる前に、クラウスが労わるように口にした。

「とにかくお前の今後は、対外情報室の上層部と相談する。できる限りの希望は叶えられるよう、僕が口利きするさ。なにかあるか？」

それは極めてランに配慮された提案だった。クラウスが口利きしてくれる以上、大抵の望みは叶えられるだろう。

『灯』の少女たちの視線が一斉にランの元へ集った。

しばし逡巡（しゅんじゅん）の後で、彼女の唇が震えだす。

「嫌でござる……」

まず漏れたのは、そんな言葉。

少女たちが首を傾（かし）げると、ランが高らかに叫んだ。

「もう働きたくないでござる！　自分は絶対に、出て行かない！　スパイなんて恐ろしい世界から離れて、ここで極楽ニートライフを満喫するでござるよおおおおおぉ！」

「「「「はあああああああああああああっ⁉」」」」

少女たちの声が響き渡る。

その一瞬の動揺を突くように、ランは食堂の外へ逃げ出していった。

陽炎パレスの談話室の前にバリケードが築かれた。

両手を使えないはずのランであったが、足を用いて器用に家具などを積み重ねたらしい。彼女は部屋の出入り口を塞ぎ、籠城戦に持ち込んできた。

そのバリケードを前にして少女たちは「俺様が爆破しましょうか？」「これが『ひきこもり』ってやつなの？」「というか『灯』に加入しても、働く気なかったのね……」と言葉を零すが、グレーテの指示で一度、広間に集まることになった。

「……ボスから指令が下りました」

全員が集まったところで、グレーテが淡々と告げる。

「――『浮雲』のランの新たな就職先を見つけ出せ、と」

「「「うわぁ、だるぅ………」」」

「……乗り気になれないのは分かりますが、わたくしたちで候補を出し合いましょうか」

ちなみに広間にクラウスの姿はない。彼は付き合い切れないと判断したのか、自室に向かってしまった。当然、彼も任務報告の仕事がある。

少女たちは一様に頭を悩ませ始める。

呆れの感情はあるが、このままランを追い出すのも忍びない。これまで共に任務をこなしてきた仲でもあるし、無論ランを本気で毛嫌いする少女は一人もいない。

――有体に言えば、ランのことが心配だった。

捻くれ者が多い集まりであるがゆえにその気遣いを率直には出さないが、大切な仲間を失ったばかりのランに幸せになってほしい、と願わない者はいない。

「ただなぁ、就職先って言われてもイマイチピンとこねぇな……」

真っ先に発言したのは、ジビアだった。

「今回のケースの場合、何が普通なんだ？　スパイの進路なんて、そもそも知識がねぇんだが？　スパイ界隈、謎が多すぎるんだよなぁ」

一般的な職業と違い、隠密行動が多いスパイは身内同士の交流も少ない。特に下っ端である少女たちは、いまだ対外情報室の全容もしっかりと把握していない。クラウスも必要以上のことは語らなかった。

そこでリリィとティアが声をあげた。

「んー、候補として思いつくのは……」

「ええ、まぁ順当なのはアレじゃない？」

今回、司会を務めているグレーテが「……何か心当たりが？」と促す。

リリィが気まずそうに「い、いや最近、わたしは出会っていたので」と口にし、ティアもまた「そう、奇遇ね。私もここ最近知り合ったのよ」と自信あり気に頷いた。

二人は同時に口にする。

「――養成学校の教官です」

「――別のスパイチームの一員よ」

「バラバラじゃん」とモニカが鋭くツッコミを入れる。

1章　case 養成学校

風が強くなってきている。

人里離れた山奥の寂れた建物で、ペギーは嵐の予兆を感じ取っていた。

彼女はディン共和国のスパイ養成学校の校長だ。かつては海軍情報部の優秀なスパイとして名を馳せ、今は対外情報室に引き抜かれ、全国二十七か所ある養成機関の一つの管理を任されている。

彼女は校長室の窓際に立ち、強い風に叩かれる窓ガラスを見つめていた。

嵐がやってきそうだ。山にある関係上、天候は変わりやすい。

次第に強くなる風は、ペギーの心模様と連動しているようだった。

「まさか戻ってくるとは」

今朝、養成学校に届いた通達を思い出し、彼女は口にする。

「――あの問題児がこの学校に再び」

――世界は痛みに満ちている。

世界大戦後、各国がスパイを用いた謀略で鎬を削り合う時代――小国・ディン共和国もまた諜報機関を設立し、スパイを世界中へ派遣していた。

『灯』もその一つ。男一人と、スパイ養成学校の落ちこぼれ八人で構成されたスパイチームである。ボスである男・クラウスの指導の下、メンバーの少女は訓練をこなし、不可能任務と呼ばれる高難度任務に挑んでいた。

彼らは一時期『鳳』という同胞のスパイチームと、蜜月とも言うべき交流を深めた。お互い刺激し合い、スパイとして高め合う充実した期間。だが、それも一月の月日が流れると、終わりを迎えた。

これは『鳳』との蜜月が終わった直後の頃。

やがてフェンド連邦で繰り広げられる過酷な謀略戦直前の出来事だ。

――遡ること四十八時間前。

雲一つない青空が広がる、よく晴れた日の朝のこと。陽炎パレスと呼ばれる壮麗な洋館には、『灯』の少女たちの嬉しそうな声が響いていた。

彼女たちがいるのは、洋館一階にある談話室。八人が集うにはやや手狭な部屋ではあるが、柔らかなソファや薪ストーブが置かれた居心地のいい空間だ。そこに少女たちは集い、万歳をしている。

「とうとう、この日が来ましたああああああああぁ！」

もっとも元気よく叫んでいるのは、『花園』のリリィ。

彼女は部屋の中央でくるくる回りながら、声を弾ませている。

「グッバイ！『鳳』‼　陽炎パレスから追い出し成功ですううううぅ！」

談話室には、先日まで置かれていた『鳳』の所持品が消えていた。

『鳳』とは少女たちの兄貴分とも言えるスパイチームだ。龍沖という国で出会い、帰国後に陽炎パレスにやってきた彼らは、一か月間、陽炎パレスに入り浸った。『灯』の少女を振り回し続けた彼らは今朝次なる任務のため、フェンド連邦に発ったのだ。

尊敬はできるが、何かと面倒だった『鳳』。

彼らが消えたことで、『灯』の少女たちはとりあえずお祝いムードに包まれていた。

「ほ、本音を言うと」

喝采の中、『愚人』のエルナが恥ずかしそうに呟く。

「エルナは少し寂しいの。振り返れば短く感じるの」

「まぁ、また会えるわよ。彼らがフェンド連邦から帰ってきたら、すぐ騒がしくなるわ」

目を伏せるエルナを『夢語』のティアが慰める。

しばらく少女たちは、自由に扱える談話室を満喫していた。

「いや、また来られても困るわ。アイツら」「俺様っ、今度はお土産を要求しますっ」「きっとフェンド連邦の紅茶とか買ってきてくれるっすよ」「次からは談話室の使用料を取ろうよ。まぁ元々ボクたちも使う頻度は高くなかった部屋だけどさ」

そう気ままに語り合っている時、『愛娘』のグレーテが、ん、と何かを発見した。

「……封筒が置いてありますね」

彼女は談話室の隅にある茶封筒を手に取った。

「『詫び状』と書いてあります……差出人欄には『鳳一同』と書いてありますね……」

「「「「「え？」」」」」

驚愕の声が一斉にあがる。

身勝手に振る舞っていた彼らに似つかわしくない概念だった。

少女たちは唖然とし、信じられない現実を確認するように視線を合わせる。

「アイツらにも謝るという心があったんだなぁ」「まぁボクたちの食料を片っ端から食い尽くしていったからね」「俺様、謝りやがるなら寛大な心で受け止めようと思いますっ！」

まさか彼らから謝罪の言葉が聞ける日が来ようとは。

「……そうですね」面映さを隠すように、リリィが頰を掻いた。「ちょっとツンケンしましたけど、なんだかんだ楽しい日々でしたからね。なにも詫び状なんて堅苦しい挨拶を残さなくても——」

そう言いながら封筒を開け、少女たち全員で中身を確認する。

【課題を与え忘れていた。やれ。『鳳』一同】

「「「「「……………………………………」」」」」

特に謝罪らしき文はなかった。

代わりにあるのは、偉そうな上から目線の文章が書かれた紙が一枚。そして、何やら『課題』と記された小さな封筒が複数。

固まる少女たちの中、誰よりも早く行動したのはリリィだった。

「よし」と口にしながら、他の少女たちにアイコンタクトを送る。談話室の棚からマッチ箱を取り出し、マッチに火を灯し、封筒に近づける。

「――見なかったことにしましょう」

「それで済ますな」

厳しいツッコミが談話室の入り口から聞こえた。

『灯』のボス、クラウスである。彼はリリィに歩み寄って封筒を奪うと、中身を一読し「……なるほどな。課題まで用意してくれたか」と頷いた。

もう大体の経緯を察しているらしい。

リリィは肩を落とし、不愉快そうに眉を顰める。

「もう嫌な予感しかしないですが、これは一体なんです？」

「アイツらなりの愛だろう」

クラウスは答えた。

「そもそも『鳳』との交流期間は、二チームが刺激し合い、実力を高め合うことが目的だった。僕が『鳳』を鍛え、『鳳』は『灯』を指導する。いわば合同訓練だな」

「「「「えっ」」」」

大半の少女が頓狂な声をあげた。モニカ、グレーテ、アネットは大体想像していたのか表情を変えない。

クラウスは淡々とした声で説明を続けた。

「『灯』は『鳳』に負けた。僕の訓練だけでは頭打ちだったんだろう。『灯』の更なる実力向上のため、お前たちを鍛えられる存在が必要だった」

かつて『鳳』とはクラウスを懸けて闘い、『灯』は完敗した。彼は重く受け止めていたらしい。実際『鳳』と出会う前、少女たちは任務でミスを連発し、成長は停滞気味だった。

リリィが呆れた顔で「自分の指導力を伸ばそう、とは思わないんです？」とツッコむ。

クラウスが「……頑張ってはいるが、どうにも」と苦々しい顔で答える。

一応頑張っているらしい。だが当然、一月二月で改善されるものでもないようだ。

そこで招かれたのが『鳳』だったらしい。クラウスの見込み通り、彼らは訓練の傍ら、『灯』に多くの技術を授けてくれた。

気を取り直したようにクラウスが告げる。

「だが忘れるな。『鳳』は格上の先達じゃない。越えるべき壁なんだ。次に再会する時、僕たちは彼ら以上の成長を遂げていなくてはならない」

少女たちに発破をかけつつ、クラウスは小さな封筒を配っていく。

「しばらくアイツらが出してくれた課題に専念しろ。きっと僕では教えられない技術を習得できるはずだ。この間、任務は僕だけでこなす」

「そう言われると逃げる訳にはいかないわね……」

ティアを始めとして、少女たちは強張った表情で封筒を受け取っていった。

小さな封筒には、誰が誰に課題を割り当てたのかが記されていた。

「あのウザ男からの課題かよ……うわ、普通に筋力トレーニング」「俺様とエルナちゃんは、仮面男からですねっ」「課題は一週間の路上生活……大変そうなの……」

受け取った少女たちは、皆、各々のリアクションを見せていく。

クラウスは最後に残った封筒をリリィに差し出した。

「リリィとサラはヴィンドからだな」

「もう恐ろしいオーラしかない」

『鳳』のボスからの課題に、リリィはおそるおそる封筒の中身を確認する。

彼女の隣では『草原』のサラが緊張の表情で、息を呑んでいる。

【養成学校に戻れ】

「「あああああああああああああああああっ！」」

二人は同時に床に膝をついていた。

『灯』の少女と養成学校の間には、切っても切れない因縁がある。

彼女たちは全員養成学校で『落ちこぼれ』の烙印を押されていた過去がある。トラウマと言っていい程、苦手意識を持つ者も多い。

クラウスにスカウトされ『仮卒業』を果たしたことは、彼女たちにとって僥倖だった。

だが、そんな劇的な別れを果たした養成学校に今回戻る羽目になった。

手続きは容易かった。

クラウスが対外情報室に事情を伝えるだけで、リリィとサラの再入学は承認。サラの養成学校はかなり遠方にあるため、リリィと同じ養成学校に向かうことになる。

かくして一週間にわたる、地獄の訓練生活が始まった。

◇◇◇

やけに風が吹き荒れた日の夕刻、リリィとサラは対外情報室第十七スパイ養成機関、ペギーが管理するスパイ養成学校に到着していた。

久方ぶりの養成学校の訓練着を纏い、少女たちは校長室に並ぶ。

「――という訳で戻ってきました。『花園』です」

「そ、『草原』っす！　よろしくお願いします！」

リリィがかつて在籍していたのは全寮制の、女スパイ見習いが集まる学校だ。百人程度の若者の中で、彼女たちは一週間、生徒として訓練をこなすことになる。

ペギーはふくよかな身体を締め付けるようなピッタリとしたスーツ姿で、リリィたちを柔らかな笑みで待ち受けてくれた。リリィにとって十か月ぶりの再会だった。

「久しぶりですね、『花園』」

ペギーが囁くように口にする。

「ミータリオの大悪女『リリリン』の正体は、アナタでしょう？」

「うっ！　き、機密事項です」

思わぬ黒歴史を突き付けられ、慌てて誤魔化した。かつての不可能任務の後処理で背負う羽目になった汚名だ。

ペギーは「えぇ、それでいいのです」と満足そうに頷いた。

「こうして教え子と再会できるなんて奇跡のようですね。この世界では、教え子が命を落とすことも珍しくありませんから」

和やかに語った後、彼女は口元を引き締める。

「――ですが、だからこそ訓練には一切手心を加えない」

空気が変わる。親戚の叔母のような優し気な雰囲気と打って変わり、厳しい教官としての顔つきに切り替わる。

「たとえ一週間であろうと、アナタたちは訓練生。ここは一般の学校とは違う。生徒間でどのようなトラブルが起きようと、我々は基本介入しない」

「はい、理解していますよ」

「寝室はアナタが使っていたベッドがまだ空いています。二段ベッドですので『草原』と共に使用してください。訓練には明日から合流してください」

かくして再入学の手続きは終わった。

この養成学校は大きく二つの建物で成り立っている。校長室や講堂がある訓練棟と、寝起きするための寮棟。どちらも簡素な二階建ての木造建築だ。他には、懲罰房や倉庫、外トイレなどが点在している。

リリィたちは寮棟に移動する。途中校庭の方から訓練中の生徒たちの溌剌とした声と発砲音が聞こえてきた。銃の訓練中らしい。

「まだしっかり聞いていなかったんですけど」

黴臭い寮棟に入ったところで、サラが口にした。

「リリィ先輩の養成学校時代ってどんな生徒だったんすか？」

「――サラちゃん、覚悟してください」

サラは思わず、ん、と息を止めた。

今のリリィはこれまで見たことがない程、冷たい顔つきになっていた。いつも星が詰まっているのかと思うほどに輝かしい瞳が濁り、視界に映るもの全てを唾棄するような生気のない表情に変わる。

これまで『灯』では一切見せたことのない顔のリリィがそこにいた。

彼女は、出入り口に一番近い寮室に入っていき、かつて使用していたというベッドに荷物を投げつける。

ベッド脇の壁には、大量の文字が書き殴られていた。

【アホ】【注意：教官寝取り女】【← 乳で退学を免れる女のねぐら】【はやく出てけ】【死ね、殺人未遂犯】【全成績最下位】【牛】【乳で試験に合格する方法を教えてくださーい】

あからさまに悪意が満ちた落書きだった。

目を見開き、呆然とするサラを見て、リリィが煩わしそうに頭を掻いた。

「……実は引くほどイジメられていたんですよねぇ、わたし」

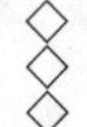

たかが十か月程度では、養成学校の生徒に大きな変動はなかった。

大半の生徒はリリィの存在を覚えており、訓練後、寝室でくつろいでいた彼女を見て、意地の悪い言葉をかけてきた。「うわ、最悪っ」「えっ？　なんで戻ってきてんの？」と。

そうやって寮室前の廊下で陰口を叩くだけでなく、時に直接声をかけられた。

「ねぇ、『花園』さん。仮卒業してどっかのスパイチームに採用されたって噂は本当？　なのに、どうして養成学校に戻ってきたの？　ん？　捨てられたのぉ？」

口元を歪めて、尋ねてくる。

『灯』の内部事情を語る訳にはいかないのでリリィが沈黙に徹すると、彼女らは勝手に納得して「かわいそっ」と半笑いを浮かべて去っていった。

また別の女子訓練生が教官に命じられたらしく、毛布を届けてくれた。その毛布は臭いがひどく、意図的に汁物をかけられたことが明らかだった。一度洗わねばならなかった。

晩ごはんを食べに食堂へ向かえば、料理にグラスの水をかけられた。

ただでさえ具材の少ない麦粥と干し肉という質素なメニューが、一層みすぼらしくなる。水をかけた訓練生は「ごめんねー」と反省する素振りもなく言い、周囲からクスクスと笑いが沸いた。

十か月の歳月などまるで無かったように、訓練生たちはリリィを手荒く出迎えた。

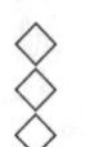

「いやいや！　おかしいっすよ、こんなの‼」
嫌がらせの連続にサラが憤慨した。
食堂の端で麦粥を食べている最中だった。水で髪を濡らしながら黙々とスプーンを動かすリリィの前で、サラが珍しく声を荒らげる。

「なんでリリィ先輩がこんな目に遭っているんすか！　どうして……！」

「まー、嫌われる理由は結構ありますよ。訓練中に何度もドジを踏んで迷惑をかけたこともありますし、落第ラインの成績をとっても特異体質が加味されて退学を免れたり……」

慣れていると言わんばかりにリリィの声は淡々としていた。

彼女は特に腹も立てていないように「ムカついて皆の水筒に毒を盛ったこともありましたっけ」と口にする。

サラは眉を八の字に歪めながら「でも納得できないっすよ」と呟いた。

食堂で耳を澄ませば、いくらでもリリィの陰口が聞こえてきた。なぜか養成学校に戻ってきた彼女に対し、誰もが否定的な反応を示している。

リリィはポケットから、丸いポーチのような物を取り出した。

「まぁ大丈夫ですよ。今回はお守りがありますので」

「え、なんすかそれ……？」

「任務前、先生がくれたんです」

それは掌に収まるほどの木の彫り物だった。揺らめく炎のような形をしている。

リリィは誇らしげにお守りを掲げ、声を張った。

「そう！　あの世界最強のスパイ――『燎火』のクラウス先生がわたしのために作ってくれたお守りです！　いかなる困難があろうと、この信頼の証があれば心の支えになります。わたしはどうせ一週間も経てば、またあのトップチームに戻れるわけです。このお守りは、クラウス先生がわたしを頼りにしてくれる証明そのもの！」

「ま、周りに聞こえるようにマウントを……」

一層、食堂でリリィに向けられる視線が厳しくなる。

ちなみに、こういった妙なポジティヴさも彼女が嫌われる所以でもあったりする。

当の本人はそれを気にする様子もなく、ふふんと微笑みを浮かべ、食べ終わった食器を片付ける。サラを食後の散歩へ誘い、一緒に食堂から離れた。

寮棟を出ると、正面にはだだっ広い訓練場が見えた。訓練場とは言っても、何もないただの平地だ。端の方に銃の的が積み上げられている。

夜空を見上げれば、星が美しく瞬いている。山奥にある分、陽炎パレスがある港町よりもずっと大気は澄んでいる。

「でも実際、前よりもマシですよ」

のんびりと星を見上げながらリリィが口にする。

「わたしがいた頃は『露命』さんと『旗師』さんという方がいて、私を超嫌っていたんですけどね。幸い今はいませんから」

「あ、その方たちって……」サラが目を見開く。

「はい、成績だけは優秀でしたからね。あの人たちは――」

「――もう卒業したんだよ。お前と違って正規の方法でな」

粗野な声がかけられた。

リリィたちが振り向くと、肩が張った体格の女子訓練生が立っていた。荒々しく切られた前髪の隙間から、射貫くような強い瞳が見えた。

威圧するようにリリィたちの前に立ち、蔑んだ視線を投げてくる。

「『露命』のリヒリント。『旗師』のザルフェ――この二人なら半年前に卒業試験を突破して、もう前線で活躍しているよ。卒業試験も受けずに抜け出した、卑怯なお前とは違う」

「カーチャさん」

リリィがつまらなそうに眉を顰める。

彼女の背後には、他にも四人の女子訓練生が立っていた。カーチャを中心に、こちらを包囲するように並び、微かに胸を張っている。

「あー、優秀な人たちが抜けて、今はアナタがこの学校のトップなんですね。で、下っ端引き連れて威張っていると」

リリィは冷めた声で対応した。

「よかったですねー、使い走りが大出世」

カーチャはリリィの頬を張った。

バシッと空気を裂くような音が響く。彼女の動作に一切の躊躇はなく、殴り慣れていることが見て取れた。

「調子こくなよ、落ちこぼれ。またボロボロにしてやろうか？」

「あー、カーチャさん。格闘訓練だけは得意でしたもんね」

リリィは張られた頬を押さえることなく睨み返す。

一歩も引かない態度に、カーチャも嗜虐的に自身の唇を舐めた。

「生意気だな。たまたま仮卒業できたからって、自分が格上だとでも思ってんのか？」

彼女はリリィの襟元を摑んだ。

「あの頃のように泥水を飲ませてやる。毎日、苦し気に寮室でゲーゲー吐いていたっけな？　今からでも、その茶髪の奴に見せて――」

「ス、ストップっす！」

一触即発の雰囲気に割って入るように、鋭い声があがった。

サラがカーチャの腕を掴んでいた。

「も、もうやめてくれませんか……？」

「あ？　なんだ――」

「じゃないと本気で怒るっす」

サラがキャスケットの帽の下から、強く睨みつける。

訓練場を取り巻く木々の中で何か動物が蠢(うごめ)いた。枝葉が折られる音が鳴る。夜の山を得体の知れないものが駆け回る音が不気味に響いた。

カーチャの取り巻きたちの顔が強張(こわば)る。

「バッカじゃねーの」

カーチャは表情一つ変えない。

「そんなに膝を震えさせて何ができるんだっての」

「……っ」

サラの顔が一瞬、赤く染まる。

勝ち誇るように鼻を鳴らすと、カーチャはリリィの服を手放した。

「まぁいい。どうせ明日から訓練だ。躾(しつ)けてやるよ、乳女共」

嘲笑と共に背を向け、取り巻きと一緒に寮棟の方へ戻っていく。

リリィとサラはその背中を見送ることしかできなかった。

カーチャたちはまるで新しい玩具を見つけたように、楽し気に談笑をして去っていく。目を付けられてしまったらしい。

「サラちゃん、今一度覚悟してください。ここから一週間は辛い日々です」

リリィが表情の乏しい顔で呟く。

これも陽炎パレスでは見せたことのない顔だ、とサラは考えたが、何も言えなかった。

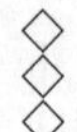

カーチャの予告通り、翌日以降リリィたちは徹底的にマークされた。

特にリリィに対しては、何度も嫌がらせが行われた。

スパイ養成学校の授業は多岐にわたる。多言語習得はもちろん、特に女スパイは、どこへでも潜入できるよう料理、音楽、舞踊などの習得が義務付けられる。他にも交渉技術やスリの技術、非常時のための格闘術や射撃技術も欠かせない。

カーチャたちは、その訓練ごとにリリィを妨害してきた。

音楽や舞踊などの訓練では常にリリィの実演中に妨害し、格闘訓練時にはカーチャが徹底的にリリィに付き纏(まと)い、教官の目を盗んで過剰な打撃をかましてきた。穏やかに過ごせるのは、座学の時間くらいのものだ。

訓練終わりにへとへとになって寮室に帰ってきた時、リリィのベッドだけ水に濡れていたこともある。そして、それを他の寮生がくすくすと笑いながら見ている。

またサラにだけは妙に甘く、サラとリリィとの間にある友情を引き裂くような工作が行われていた。恥をかかせられるリリィを尻目に、サラだけが「お前はこっちで飯を食おうぜ」とカーチャたちに誘われる。もちろん、そんな罠(わな)に乗るサラではなかったが。

「まぁ、これも才能ですよ」

カーチャの嫌がらせをリリィは冷静に分析する。

二人で昼休憩を取っている時のことだ。

「イジメで環境を支配するというのも、スパイの世界なら武器になりますからね。教官が強く介入しないのも、それが理由ですよ。分かりやすい暴力で恐怖を与え、晒(さら)し者にし、その上でわたしとサラちゃんが仲違(なかたが)いするよう仕向ける。陰険ですよねー」

「む、『紫蟻(むらさきあり)』みたいなことっすか……?」

「さすがにあのレベルと一緒にするのは、どうかと思いますけど」

何百人という市民を暗殺者に仕立て上げた男と比較し、リリィは苦笑する。

「本当に不思議な世界ですよね。ここ」

ぼんやりと訓練棟を眺めながらリリィは呟いた。

居残り訓練後、カーチャたちに呼び出されることがあった。

そもそもリリィたちが居残りさせられたのは彼女たちが原因だった。世界各国の主に流通する拳銃の分解、そして組み立て。彼女たちの妨害がなければリリィは規定時間内に終わっていたし、それにサラが付き添う必要もなかった。

ちなみに、ここ最近のサラはモニカの個人授業のおかげで、基礎能力は遥(はる)かに向上している。まだ拙い側面もあるが、普通に授業を受けている限りでは他の生徒についていけている。

とにかく訓練棟から出てきたリリィたちをカーチャ一派は出迎え「乳女。来い」と高圧的に命令してきたのだ。

従いたくなかったが、既に囲まれていた。

彼女たちが案内してきたのは、訓練場の端にある屋外トイレだった。

古めかしい煉瓦造りで、五つの便器と、二つの洗面台で成り立っている。壁には換気と明かりを取り込むための小窓があったが、あまり役には立っていない。薄暗く、アンモニアの臭いが立ち込めていた。

——床一面に泥が撒かれていた。

誰かが意図的に汚したのは明らかだった。そうでなくては壁にまで泥が付着することはあり得ない。

リリィが「一体、誰がこんな面倒な真似を……」とカーチャを睨みつける。

カーチャは惚けるように肩を竦めた。

「さぁな、知るかよ。まー、とにかく御覧の有様なんだ。教官から誰かに掃除させろって言われていてな」

「で？」

「花園、お前がやれ。明日までによろしく」

馴れ馴れしく肩を強く叩かれ、カーチャたちは去っていく。

逆らえば暴力が振るわれることは、彼女の嗜虐的な瞳で察しがついた。そして直接的な殴り合いでは、リリィはカーチャに敵わない。

誰もいなくなったところで、リリィは大きく息をつき「さ、ちゃっちゃとやっちゃいましょう」と掃除ブラシをロッカーから取り出した。

サラが辛そうに「うぅ……くさいっす……」と鼻を塞ぐ。

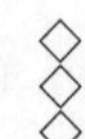

リリィたちが養成学校に再入学して四日後、ペギーの校長室に思わぬ客が訪れた。

クラウスである。

事前のアポイントメントもなく養成学校を訪れた男の存在を、ペギーは知っていた。

『灯』の結成時、リリィをスカウトしに来た男だ。

一養成機関の長でしかないペギーは、彼の詳細を知らない。だが噂で、彼の正体がディン共和国トップ諜報機関『焔』の一員だと聞いていた。

「アナタですか」と声をかけると、クラウスは「任務がてら立ち寄っただけだ」と言い訳めいた答えを返す。

「どうだ？　僕の部下たちの様子は？」

ペギーは部下に紅茶を持ってくるよう伝え、小さく息をついた。

「彼女たちなら、ひたむきに訓練に励んでいますよ。ただ……」

「……？」

「以前にもお伝えしたでしょう？　『花園』は他の訓練生から厳しいイジメに遭っていました。月日が流れようと立場は変わらなかったようです。ちょうど今も訓練場でシゴキを受けていますよ」

クラウスが校長室の窓に移動した。

校長室の正面には懲罰房が見えるが、その隣にある訓練場も眺められた。訓練生たちが模擬戦用のナイフを握り、格闘訓練に臨んでいる。

リリィは一対一でカーチャと闘っている。一目見てリリィの劣勢だった。カーチャのナイフに気を取られているうちに、腹を蹴り飛ばされる。地面に這いつくばったところを、カーチャに腕を思いっ切り踏みつけられる。

「うぅ……っ！」

呻き声を上げ、リリィが右腕を抱える。

その場を取り仕切る教官がカーチャを注意しているが、彼女は「強く踏んでませんよ。大袈裟ですって」とへらへらとした顔で誤魔化している。周囲の少女たちはクスクスと笑っている。

あまり見ていて気持ち良い光景ではなかった。

ペギーは哀しみを堪えつつ、口にする。

「『花園』は頑張っています。アナタからもらったというお守りを大事そうに抱え」

「……そうか」

「ただ、あの様子だと痛みは数日引かないでしょうね」

サラが泣きそうな顔でリリィを手当てしている。彼女の右腕を氷で冷やし、包帯を手際よく巻き付けていた。

力ない顔で頭を下げているリリィを、ペギーは見つめ続けた。

「戻ってくる必要などなかったのではないですか？」

「ほぉ」ペギーの呟きを、クラウスは愉快そうに受け止めた。「ここの校長であるアナタがそれを言うのか」

「事実、私たちでは『花園』の才能を活かしきれなかった」

小さく息をついた。

「彼女がスパイとして貢献していると知り、嬉しくもありましたが口惜しさも感じたのですよ。アナタは彼女の潜在能力を引き出したのですね。私たちでは叶わなかったことです」

「…………」

「けれど我々の何がいけなかったのでしょうか？　国家の趨勢を左右するスパイを育てる機関には相応の厳しさが求められます。この方針が間違っているとは思えません」

リリィに対するイジメを黙認しているのは、彼女たちがスパイの訓練生であるからに他ならない。一人で敵国に潜入し、工作を重ねていくのがスパイだ。トラブルを自力で対処できない者に未来はない。教官は訓練生を導きこそすれど、保護はしない。

しかしその思想が『花園』の可能性を潰していたのも事実だ。

ゆえにペギーは戸惑う。自分たちは間違っていたのではないか、と。

「時に」クラウスが呟いた。「養成機関の校長とは、どんな立場なんだ？」

「え」

「優秀なスパイを輩出できなければ、やはり沽券に関わるか？」

ペギーは強く睨みつけていた。

目の前の男が何も理解していない、と呆れていた。自分はプライドのために、発言しているのではなかった。

「それはもちろん事実ですが、私が言いたいのは——」

「見誤るな、とだけ伝えておく」

クラウスは冷めた瞳で見つめ、踵を返した。

「――アナタは何も理解していない。いずれ足を掬（すく）われるだろう」

最後の訓練は、夜通しのマラソンだった。

車に乗せられ、養成学校から百五十キロ程離れた地点で降ろされる。そこから山深くにある養成学校に徒歩で帰らなければならない。水や金などは一切持たせてくれず、訓練生は身体（からだ）一つで食料や寝床を確保しなくてはならない。

夕方から始まり、リリィとサラは二人協力して早朝に養成学校がある山の麓まで到着できた。途中知り合った老夫婦と仲良くなり、彼らの困り事を解決することで、食料と仮眠できる場所を確保した。

だが最後、夜明け前の登山に思いの外手間取った。葉が茂る樹木に覆われ、闇に包まれた不気味な山道は、崖から落ちないよう慎重に進まなくてはならない。朝六時というタイムリミットに間に合わせるためには、日の出を待っていられなかったのだ。

リリィが杖（つえ）代わりに枝を突きながら進み、サラが老夫婦から譲ってもらったランタンで地図を確認している。

「リリィ先輩」

「ん」

「道、間違えているっす。そっちは崖っすよ」

「およ」

行き止まりに進みかけたリリィの腕を掴み、サラが正しい方向へ誘導した。

リリィは恥ずかしそうに頬を緩めた。

「今回はサラちゃんがいるから助かりました。わたしのウッカリを完璧にサポートしてくれるとは」

「『灯』で慣れているっすから」

「もう終わりなのが残念ですねー。わたしたちが組めば、案外試験でも良い成績が取れそうなのに」

夜の山道にしばらく枯れ葉が踏まれる音だけが響く。薄い霧がかかり、二人の肌を濡らしていく。サラの動きに合わせ、ランタンの火が揺れている。立ち上る灯油の臭いが山特有の木の腐った臭いと混ざり、甘ったるい空気が漂っていた。

「今思うと」サラが口にする。「やっぱり不思議な環境っすね、養成学校」

「そうですね」

リリィが明るい声で答えた。

「前も話題に出した、『露命』さんと『旗師』さん。他にも四名くらい卒業していますが、この人たちは当時、本当に凄かったんですよ。カーチャさんなんて目じゃないくらいに全技能が優れていました。でも卒業試験では――」

初日にリリィが言いかけた内容だ。

その際はカーチャに遮られたが、サラは続きの内容を知っていた。

「――ファルマ先輩に全滅させられたんすよね」

『鳳』の女性メンバー。

――『羽琴』のファルマ。

彼女は『灯』との交流期間中、かつて受けた卒業試験の内容を語ってくれた。課題は、自国の内閣府から機密情報を奪う、というシンプルな形式。そこでファルマは近くにいた参加者たちから協力を持ち掛けられたという。

『なんかねぇ、いかに強かったのかを自慢してきたんだ。「旗師」さん？　自分たちが養成学校で落ちこぼれに威張り散らしてきたっていう話。胸糞悪い内容でねぇ。しかもそれを理由に「自分たちに協力しろ」って態度で交渉持ち掛けてきてさぁ。六人くらいで』

詳細は触れなかったが『旗師』たちのイジメに関わる話なのだろう。

もっともファルマ自身は、被害者がリリィだとは知らなかったようだが。

『──不愉快で全員脱落させちゃったぁ』

一方的な勝利だったらしい。

試験よりも参加者潰しを優先した。それがファルマの卒業試験の成績が第五位という半端な結果に終わった理由らしい。

それを聞いた『灯』の少女はどんな顔をすればいいのか、分からなかった。

──養成学校のトップであろうと、真の実力者には到底敵わない。

『鳳』のメンバーは全員、『灯』の少女が在籍していた学校の成績優秀者に勝利していた。

ヴィンドやビックスはもちろん、ランでさえ成し遂げている。

二の句が継げなかったことを記憶している。

「ボスはよく言うっすね──狭い世界の評価なんて気にするなって」

「あー、言います言います。ビックスさんもよくバカにしてきますね。視野が狭いって」

「不思議っすよね。優秀だった『鳳』の人たちの方が成績とか気にしていなくて……多分それが正解なんでしょうけど……」

サラは自嘲するように頬を緩めた。

「でも当時の自分たちには、とっても切実な問題だったんすよね」

「…………」

「周りができていることができなければ恥ずかしくて、常に自分がバカにされている気がして惨めな気持ちで、誰もいない隅っこの方で膝を抱えてぐずぐず泣いて……あの時の辛い感情は紛れもなく本物だったんすよ」

「…………」

しばらくリリィからの返答はなかった。

まっすぐ山道の進行方向を見つめ、二人は足を動かし続ける。ランタンの火が絶えず揺れ動いている。

「そうですね」

やがてリリィが微かに呟いた。

「だから、この気持ちから逃げず、しっかりと決着をつけなきゃいけないんです」

ちょうどその時、山道が終わって開けた場所に出た。

ゴールである養成学校に到着したのだ。門はない。直接訓練場に辿り着いた。

リリィたちの到着タイムは決して遅くなかったが、既にゴールをしていた者たちがいた。

リリィを待ち受けるように立ちはだかっている。

「おい」先頭のカーチャが指を鳴らす。「最後に一勝負といかねぇか?」

「決闘だ。純粋な格闘で叩きのめしてやる」

カーチャは再び山道へリリィたちを誘導してきた。取り巻き四名も同様。この時間に学校まで辿り着いたということは、彼女たちもカーチャと同じく成績優秀者か。

訓練場から離れるのは、教官に見られないようにするためだろう。

イジメや喧嘩を黙認する彼らも訓練生たちの争いに介入する時はある。訓練生が重傷を負いかねない場合だ。

カーチャの誘いは、その可能性を示唆している。

「リリィ先輩」サラが強く言った。「受ける必要はないっすよ。右腕の打撲だって……」

リリィの右腕には、分厚い包帯が巻かれたままだった。

彼女は首を横に振る。

「いえ、行きますよ」

ポケットから木彫りのお守りを取り出し、願をかけるように額の前で握り締めた。

「問題ありません。わたしにはクラウス先生がついているので」

カーチャと取り巻き四人の後に続き、リリィは訓練場から離れ、再び常緑樹が生い茂る山の中へ入っていく。その後をサラが続いた。

少し歩いたところで、人が十分に動けそうな平地が現れた。

木が生えていない、五メートル四方の空間。リングのようにも感じられた。

まだ太陽は昇らない。気温は薄っすら肌寒さを覚える程度。

カーチャとリリィは向かい合う位置に立った。

「ただ殴り合うだけじゃつまらねぇ」

カーチャが肩を回しながら、口角をあげる。

「あたしが勝ったら、そのお守りをくれよ。対外情報室の偉い男にもらった宝物なんだろ？　恋人か？　随分と自慢げに持ち歩くじゃねぇか」

「………………お断りします」

「知るかよ、寄越せ。なんでお前みたいな落ちこぼれがスパイになってんだよ。その無駄にデカい胸で誘惑でもしたか？　組織の慰め係か？　じゃなきゃ、この学校から出て行って最前線に行けるはずもねぇもんなぁ」

次第に声量が上がっていく。

「お前よりずっと優秀な奴が、この学校には溢れているのに……！」

カーチャの拳は震えている。

横で見ていたサラが僅かに目を見開く。そのカーチャの声には、彼女なりの切実な熱を感じたのだ。

対してリリィの反応は冷ややかだった。感情を殺したような瞳のままだ。

「カーチャさん。一個、聞かせてください」

「あ？」

リリィはあくまで冷静に口にした。

「なんでそんな必死なんです？」

カーチャの眉がぴくりと動いた。

「あああああああああああああああ、うっぜえええええええぇっ‼」

逆鱗に触れたようだ。

カーチャは怒号と共に強く足を踏み込んだ。大きく右の拳を振りかぶる。見え見えのテレフォンパンチだが、それゆえに威力の凄まじさを予期させる。

リリィの顔面を砕く勢いでカーチャは全体重が乗った拳を振り抜いていく。


「──参りました」


リリィの方が早かった。

彼女は無抵抗を示すように両手を上げた。何も持っていないことを示すように、指まで開いている。

思わぬ挙動に、カーチャのパンチはリリィの顔面の寸前で停止する。

「あ?」

その場にいる誰もが唖然とするように口を開けた。目の前の光景をまるで誰も理解できないように、空間はしばし奇妙な静寂に満たされる。

リリィが上げる右腕に巻かれた包帯が、空中で揺れていた。

カーチャの拳が行き場を失ったように震えている。

リリィが感情のこもらない声音で口にする。

「わたし、『花園』のリリィはカーチャさんに全面降伏します。負けました。完敗です。

ご名答。わたしがスパイになれたのは『燎火』という方を乳で誘惑した結果です。御奉仕の毎日ですわ。本来ならば、もっと違う人がスパイになるべきですね。認めます。わたしなぞ取るに足らない超凡人リリィちゃんです」

「…………っ」カーチャが歯ぎしりをする。「どこまでも、舐めやがって……っ！」

怒り故か、耳まで顔が赤く染まっていた。

だが無抵抗に降参宣言をしたリリィを殴っても、何も得られないと考えたのだろう。鼻息を大きく吐き出し、興を削がれたように拳を下ろした。

その上でリリィの訓練着に手を突っ込むと、木彫りのお守りを摑んだ。

「これはもらっていく。とっとと養成学校から出てけよ、乳女」

カーチャはリリィを突き飛ばして尻もちをつかせると、取り巻きに「行くぞ」と声をかけ、引き上げ始める。

サラが不安げに「リリィ先輩……」と声をかける。

地面に尻をついていたリリィは、しばらく脱力するように項垂れていた。が、やがてカーチャたちとの距離が離れていくと、大きく息を吐き、ゆっくり立ち上がった。

「カーチャさん」

カーチャは足を止め、振り向く。

リリィは尻についた土を払いながら告げる。

「わたしはアナタのことが大嫌いです。けれど、死んでほしいとまでは思いません。頑張ってくださいね。卒業後スパイとして活躍してくれることを、まぁ国益になるんで望みますよ。不愉快ですけど我慢します」

「あ？」

「だから教えてあげます。世界は広いですよ」

カーチャと取り巻きの訓練生たちは、突然送られた言葉に瞬きをした。訝しむように首を捻る。

リリィは言葉を続ける。

「この養成学校での出来事なんて、どうでもいいんです。アナタが必死に舐められないよう威張り散らして手に入れた優越感も安穏も、案外つまらないものですよ。逆に、たった一週間惨めな目に遭おうとどうでもいい。わたしがあえて自分で汚したトイレの掃除を任せられようと、決闘で敗北して笑われようと、適当に自作して『クラウス先生からもらった』と偽ったお守りを奪われようと、やっぱり狭い世界の話なんです」

「は、自作？」

「あぁ、ところで――」

リリィは人差し指をカーチャの方に突き付けた。

「――このお遊びには、いつまで付き合えばいいんです？」

カーチャの手に収まったお守りが二つに裂け、ガスを噴き出した。

スプレーのように強く噴射され、紫色の粉末がカーチャと取り巻きたちの顔に至近距離でかかっていく。

催涙ガスだった。眼球の粘膜が刺激され、彼女たちはのたうち回る。目が開けられない状況で彼女たちは苦悶するように、身を捩っていた。

「っ、卑怯者がっ！」カーチャが吠える。

「だから卑怯とかどうでもいいんですよ。スパイの世界では」

リリィがつまらなそうに言った。

取り巻きの一人が「水場なら屋外トイレに――っ」と声を上げた。その声に導かれるように、カーチャたちはロクに目が開けられないまま移動を開始する。

屋外トイレはそう離れていない。

目を洗うため、カーチャたちは悪態をつきながら進んでいく。

だが彼女たちが屋外トイレの洗面台に辿り着いた時、次の仕掛けが作動した。カーチャたち五名が全員、屋外トイレの中に入った瞬間、サラがスイッチを押した。

トイレの出入り口を塞ぐように木の板が出現する。

カーチャたちが小さな悲鳴を漏らす。

「細工する時間ならアナタたちがくれましたからね。想定通り掃除を任せてくれて助かりました」

リリィたちはわざとトイレを汚し、カーチャに掃除を任せられた際、屋外トイレの陰に板と柱を隠していた。事前に掘っていた穴にサラが柱を差し込み、簡易的なバリケードを作り上げる。もちろん小窓も外から封鎖する。

屋外トイレは密室の状態となる。

「わたしをイビる時、常に屋外なのはこれを警戒したんでしょう？」

バリケードの前でリリィが告げる。

「コードネーム『花園』――咲き狂う時間です」

リリィの十八番（おはこ）である、麻痺（まひ）ガスが密室内に噴射される。

やがて屋外トイレの中は毒で満たされ、カーチャたちの叫び声は途絶えていった。

「さて」

カーチャたちの意識を奪ったところで、リリィが宣言する。

「――復讐の始まりです」

校長室の外から物音が聞こえ、ペギーは訝しむ。

（なにやら外が騒がしい……？）

訓練場の方から絶叫が聞こえた気がするが、窓から様子を窺っても異変は確認できない。マラソンから戻ってきた訓練生たちが喧嘩でもしているのだろうか。血気盛んなのは良いことだが、無益な刃傷沙汰は控えてほしいのが本音だ。

事務作業をしながら憂慮していると、校長室の扉がノックされた。

「お疲れ様です、先生」

返事をすると、リリィとサラが顔を出した。彼女たちの肩には、リュックが背負われている。ここを訪れた時と全く同じ格好。

リリィは包帯が巻かれた右腕を上げた。

事前に定められた彼女たちの滞在期間は、今日が最終日だった。長距離マラソンの後には、もう訓練はない。これから帰宅するのだろう。

「あら、別れの挨拶ですか？」

ペギーは立ち上がり、彼女たちを出迎える。

「一週間、頑張りましたね。もしまた鍛え直したいことがあれば――」

「挨拶ではありません。脅迫をしに来たんです」

「え？」

「今、わたしたちはアナタの学校の成績優秀者五名の生殺与奪の権利を握っています」

突然告げてきた言葉にペギーは当惑する。

――脅迫。

冗談でないことはリリィの引き締まった口元から察せられた。

へらへらとした笑顔ではなく、こちらの反応を観察するような、いつになく冷たい雰囲気を纏って（まと）いる。

リリィは後ろ手で校長室の扉を閉め、内側から鍵をかけた。

「今、カーチャさん含む五名を、毒ガスが満ちる空間に閉じ込めています。もし解毒（げどく）しなければ死亡……は避けられても、後遺症は確実でしょうね」

先ほどの絶叫の理由か。

リリィは毒を得意とするスパイだ。過去に多くの生徒を病院送りにしたこともある。

「何が目的です……？」

ペギーは声を低くする。

「……同胞を手に掛けたのですか。いくらなんでも許される行為では――」

「もう昔のわたしとは違うんですよ、先生」

リリィはひらひらと手を振った。

「今やわたしは不可能任務を成し遂げたスパイチームの一員。国内最強のスパイ『燎火』のお気に入り。養成機関の訓練生数名をお仕置きしても、大した問題になりませんよ」

「…………っ」

リリィの指摘は正しかった。

ここでペギーがリリィの凶行を上層部に報告したとして、彼女にどのような処分を下せるだろうか。彼女はもう自身の生徒ではない。刑法が適用される一般市民でもない。

――『燎火』という絶大な後ろ盾を持つスパイだ。

『燎火』は養成機関の長より権力を有している。事件を揉み消すなど容易いはずだ。

「困るっすよね」

隣に立つサラもまた勝ち誇るように告げる。

「昨年度の卒業生は、全員、卒業試験で最低成績だったはずです。本来なら不合格だったところを、人材不足ゆえに仕方なく合格にした」

「……よくご存じで」

「今学校にいる成績優秀者五名がいなくなったら、今年度の卒業試験は誰を送り込めるんすかね。仮に送り込めても、大した成績も取れないはず。そうなれば、ア、ナ、タ、は養、成、機、関、の、長、と、し、て、責任が問われるはずっす」

痛いところを突かれた。

クラウスにも指摘された通り、ペギーにも校長という立場がある。優秀な人材を輩出することが自身の役割。優れた訓練生を前線に送らなければ、その立場は危ぶまれる。

——昨年度の卒業生は、『投影』のファルマに蹂躙された。

——そして今年度の卒業見込みの生徒は、リリィたちに命運を握られた。

ペギーは目の前に立つ、かつての教え子に肌寒いものを感じ取っていた。

（……まさか養成機関の長を脅迫するとは）

こんな訓練生、史上初だろう。

常軌を逸している。

（……あの男の影響でしょうか。まったく、どんなスパイを育てたのやら）

脳裏にチラつくのは『燎火』の姿だった。思えば、彼の口ぶりはこの展開を予期しているようでもあった。

目的は謎だが、脅迫に屈する訳にはいかない。

教え子の前で無様を晒すのは、さすがにプライドが許さなかった。

「けれど、リリィ。忘れてはいませんか？」

ペギーは微笑みながら、事務机から万年筆を掴んだ。手の中で回しながらキャップを外し、尖ったペン先を露出させる。

「見くびってはいけません。この私もまた——かつて前線で活躍し続けたスパイですよ！」

海軍情報部で習得した暗殺技術をもって、リリィに詰め寄る。

彼女を捕まえ、喉元に万年筆を突き付ければ形勢は逆転する。特に彼女は、以前カーチャに踏まれ右腕を負傷しているはずだ。

そう信じた故にサラではなく、リリィを狙った突撃だが——。

「無理は禁物ですよ、ペギー先生」

リリィが伸ばした右腕にあっさり襟元を摑まれ、受け流されるように足を引っかけられる。

こちらに怪我を負わせないような、優しい投げ方で床に転がされる。

「さすがに年ですよ。毎日訓練を続けるわたしたちには勝てませんって」

温かい声音で告げられる。

ブランクがあったか、とペギーは嘆息する。前線を退いて、もう十年近くである。腹回りの脂肪は日々厚くなるばかりだ。

そして、それ以上に予想外だったのは——。

「アナタ、右腕の怪我は？」

「嘘です。この一週間、本気で訓練したことは一度もありませんよ」

リリィは右腕の包帯を外した。打撲の跡はなく、真っ白な肌が晒される。

隣ではサラも分かっていたように苦笑している。

かつて格闘訓練でカーチャがリリィの腕を踏んだ際のセリフを思い出した。

——『強く踏んでませんよ。大袈裟ですって』

その言葉は真実だったのだ。リリィは負傷さえしていない。この養成学校を訪れてから彼女たちは常に周囲を欺いていたようだ。

「……完敗ですね」ペギーは息をつく。「強くなりましたね、リリィ」

リリィはペギーの襟元から手を放した。

ペギーは立ち上がり、一度服装を整えた上で彼女たちに問う。

「アナタたちの目的はなんですか？　私を脅してまで、何が欲しいのでしょう？」

「——卒業証書」

リリィが小さく舌を出した。

「クラウス先生からは『卒業レベル』というお墨付きはもらっていますが、書類上はまだ仮卒業の身なので。しっかりもらっておきたかったんです」

思わぬ要望を告げられ、呆気に取られる。

ペギーは、くすっ、と噴き出した。

「抜けていますね。スパイの学校に卒業証書なんてあるはずないでしょう」

「なんと……！」

リリィは目を丸くする。隣ではサラも意外そうにキョトンとしていた。

その後は形ばかりの卒業式が行われた。

本来スパイ養成機関に卒業式などはなく、ただ教官から激励の言葉をかけられるだけだ。だがリリィが強く要望したため、ペギーは付き合った。彼女たちの名前を呼び、記念品としてペギーが愛用していたナイフを渡し、卒業を告げる。

ちなみにカーチャたちに盛った麻痺毒は、もちろん後遺症が残るようなものではない。いずれ目を覚まし、自力でバリケードを突破するであろう。高慢だった彼女たちに良いお灸になっただろう、とペギーは判断した。

「一つ聞かせてもらえますか？」

最後、晴れ晴れしい顔で校長室を去ろうとするリリィとサラに質問をぶつけた。

「アナタたちは『燎火』から何を教わったのですか？　ぜひ知りたいわ」

落ちこぼれだった彼女たちが、急成長を遂げた理由を知りたかった。超一流のスパイだけが知っている秘訣があるとしか思えない。

リリィとサラは一瞬唖然とした顔をした後、同時に答えた。

「「何も教わってないです」」

「え？」

「クラウス先生からもらったのは、気の合う仲間と実戦に近い訓練を何度も挑戦できる環境だけですよ。あの人は具体的なことは何一つ教えられないので」

リリィが恥ずかしそうに告げる。

「今のわたしがあるのは、養成学校で教わったことですよ」

叩き込まれた基礎を活かせるようになっただけだ、と彼女たちは明かしてくれた。銃の使い方も、ターゲットとの交渉の仕方も、クラウスは一切教えられない。

そう認めた上で、リリィは悔しそうに顔を逸らす。

「まぁ、それはそれとして、養成学校なんて大嫌いですけどね！　ケッ！」

唾を吐くジェスチャーをしてみせる。

隣でサラも「嫌な思い出の方が多いっすからね」とすまなそうに頷いた。

――『見誤るな』

クラウスに告げられた言葉をペギーは思い出す。

彼の言う通り、見誤っていた。確かに養成学校の教育方針では、優秀な芽を潰しかねない。しかし、だからといって全てが間違っている訳ではない。

忘れてはならない。

一般の教育機関とは事情が違う。スパイ養成機関は過酷な環境だ。しかし、それは才覚のない訓練生を追い出し、スパイとは無縁の安穏な生活を送らせるための優しさだ。そして耐え抜いた精鋭に、痛みに満ちる世界に立ち向かう術を授けるための愛なのだから。

「だとするなら」

ペギーは告げる。

「『花園』のリリィ、『草原』のサラ。アナタたちが世界を変えてください。こんな養成学校などなくともよい、より良い未来へ」

「もちろん。こんな学校、一校残らずぶっ潰してやります。それがわたしの復讐です」

リリィとサラは校長室から去り際、楽し気にビシッと中指を立てた。

「くたばれっ、養成学校‼」

彼女たちの口元から覗く白い歯が、やがて昇り始めた朝日の光を反射する。

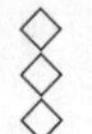

リリィとサラが山を下りると、行き着いた道路に見慣れた人物が立っていた。

「先生っ」「ボスっ」

クラウスが四人乗りの乗用車のそばに立っていた。暇そうに手の中で鍵を弄んでいる。

「たまたま近くに立ち寄っただけだ」

聞かれてもないのに、どこか言い訳めいた言葉を口にする。

「帰りは送っていくよ。途中、どこかで朝ごはんでも食べて帰ろう」

リリィとサラはハイタッチを交わす。

思えば昨日の夜から山道を歩き続けて何も食べていない。勢いよく後部座席に乗り込み、何を食べようかと相談を始める。

クラウスは車を走らせると、前方を見つめたままで言葉をかけてきた。

「久しぶりの養成学校はどうだった？　正直、僕は養成学校のことをよく知らないからな。今更戻って何を見つけられるのか、と思っていたが」

微かに間を置き、口にする。

「その様子を見ると、胸のしこりが取れたようだな」

彼なりに心配をしていたらしい。

リリィとサラは一度目を合わせた後、同時に笑っていた。

「まぁそうですねー」

リリィは後部座席で大きく伸びをした。

「なんというか、もう養成学校を出てから十か月も経ちますしねー。今更、落ちこぼれどうこう言っても仕方ないなぁって」

「そうっすね。コンプレックスが和らいだ感じっす」

それはこれまでの少女たちからは出てこなかった前向きな言葉だった。ずっと縛り付けられていた呪いから解き放たれたような、清々しい声。

「きっとヴィンド先輩はそれを教えたくて、この課題を出したんだと思います」

サラの言葉に、クラウスは微かに目を細める。

「──極上だ」

その上で悔しそうに眉を顰める。

「本当にヴィンドたちは多くのことを授けてくれたな。教官としての僕の立場が危ぶまれるな」

「まぁ、それこそ今更の話ですね」とリリィ。

「……そうだな。僕も一週間くらい養成学校に通いたい。そうすればお前たちにもっとマシな授業ができるかもしれない。調整さえすれば僕も新入生として──」

本気で考えているらしく、声量が次第に独り言のように小さくなっていく。

少女たちは想像する。

クラウスが養成学校に新入生として入学する。新入生イビリしてくる輩を返り討ちにし、養成学校の優等生たちのプライドを砕き、ついでに教官全員に指導を加えて、果てには卒業試験で自分以外の全生徒を脱落させる規格外の生徒を――。

「「学校側が可哀想なのでやめてあげてくださいっ！」」

二人の叫びが同時に朝空へ響いた。

2章　case 他スパイチーム

メモに記された建物は駅からそう離れていなかった。

ディン共和国の首都の玄関口、リーディッツ中央駅から徒歩五分。証券会社や銀行などのオフィスビルがひしめく経済の中心地に、目的の建物は堂々と建っていた。白い壁、赤色の三角屋根の一軒家。直方体のビル群の街並みに、かなり浮いていた住宅だった。郊外に建てられているような庶民的な雰囲気。そういうコンセプトのレストランや喫茶店なら納得だが、ただの民家だ。国内最高クラスの地価を誇る首都中心の一画を占有し、そんな安っぽい家屋が建てられているのだから異様という他ない。

ティアとグレーテは、その建物の前で唖然としていた。

「ここにいるのね……」

二人は宗教学校の制服を身に纏い、街に溶け込んでいた。

ティアが「そういえば」と口にする。

「他のスパイチームとはあまり会ったことがないけど『焰』や『灯』のように皆が同居

している訳ではないのね」

「……さすがにメンバー全員が同居している方が例外かと」

「確かに、仕事上の付き合いだものね。きっと住所も教え合っていないかもね」

「『鳳』も基本、キュールさんの部屋で寝泊まりしているようですが、実は各々別の寝床を確保しているそうですよ……それをキュールさんには明かしていないようですが」

言われてみれば、当然の備えか。仮に仲間が敵に情報を漏らした場合、寝込みを襲われるかもしれない。

たとえ国内であろうと、スパイは自身の住所を秘匿する。

――もっとも、これはあくまで原則だ。

グレーテが口にする。

「ボスのような強者だけですね。暗殺者を誘き寄せるため、あえて住処を明らかにしている者など」

陽炎パレスの情報は、『焔』メンバーの裏切りによりガルガド帝国に流出している。それでもクラウスが住居を変えないのは、近づく者を確実に拘束できるからだ。拘束し尋問すれば、ガルガド帝国の内部情報を吐かせられる。

ちなみに、それはガルガド帝国側も理解しているため、基本、手出しをしてこないようだが。

——強者には強者の論理がある。

その事実を理解し、ティアは息を呑む。

「つまり『聖樹』さんもその域にいるスパイってことね」

グレーテが頷く。

コードネーム『聖樹』——それが今回会わねばならない人物だった。

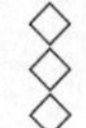

【課題を与え忘れていた。やれ。「鳳」一同】

始まりはそんな置手紙だった。

『鳳』は『灯』との蜜月期間の後、少女たちに課題を与えてきた。『鳳』メンバーはそれぞれ『灯』に欠けているものを分析し、それを埋める方法を真摯に考えてくれたらしい。

リリィやサラが養成学校に向かったように、ティアとグレーテにも課題は出された。

「お前たちにはファルマからだ」

クラウスから小さな封筒を渡され、ティアは息を吞む。

「ファルマさん……」

ティアたちと特に親密だった女性だ。彼女の凄さは、言動の端々から感じ取れた。

——組織潜伏の達人。

『籠絡』の特技を有し、敵組織に飛び込み、恋に燃えるようにキーマンと接触して完璧に支配する。相手を自身に依存させ、言いなりの傀儡に変えていく。

ファルマが有していたのは、ティアとグレーテが習得したい技術だった。

——もしティアが敵対組織に潜伏し、無限に仲間を増やせたら。

——もしグレーテが敵対組織に潜伏し、完璧に他人と入れ替われたら。

容易に想像できる。彼女の技術を手に入れられれば『灯』にとって大きな力となる。

「やりましょう、グレーテ」

「はい……」

二人は一度視線を合わせた後、ファルマからの封筒を開封した。

中にあった紙には、美しい文字で一文が綴られていた。

【コードネーム『聖樹』――わたしの兄の望みを一つ叶えて欲しい】

そんなお使いのようなミッションが課題らしかった。

少女たちはしばらく話し合ったが、埒が明かなかった。

すぐにでも取り掛かりたいが、そもそも『聖樹』というスパイを知らない。ファルマに兄などいたのか、と驚いていた。

クラウスに相談するくらいはいいだろう、と判断し、彼に文書を見せる。

彼は一読すると「なるほどな」と感心したように呟いた。

「どういう人なの?」

「『巓』という防諜チームの中心人物だ。首都近辺でスパイ狩りを行っている。察知能力と戦闘能力に長けた、非常に優秀な男だよ」

クラウスが手放しで称賛するほどの人物らしい。

彼は何かを納得するように「そうか、ファルマが彼の妹だったのか」と呟いている。

「気の毒に」

「先生は会ったことがあるの？」

「何度かな」

彼は紙を綺麗に畳み、ティアに戻してきた。

「……師匠の裏切りにより、ディン共和国のスパイの情報は大半が流出した。多くの優れた人材が弱点を突かれ、命を落とした」

声には寂しさが感じられた。

クラウスは強く言い切った。

「『聖樹』はその危機を乗り越えた、精鋭だよ」

回りくどい表現だったが、クラウスが伝えたいのは次のようなことらしい。

――彼の望みを叶えるなど、生半可な技能では達成できない。

◇◇◇

アポイントメントはクラウスが取ってくれた。

『聖樹』は日時を指定し、ティアとグレーテを自宅に招待した。首都中央にある家で歓迎してくれるという。

かくして二人は彼の元に向かった。

建物の前に立っていたティアとグレーテは深呼吸をして、『聖樹』の家の扉を開ける。チャイムもノックも不要だ、と事前に言い渡されていた。

建物内部も外観同様、一般民家のそれだった。玄関を抜けると、まずは大きなリビングがある。中心にはソファとテーブルが置かれている。どれも庶民的な家具だ。

ただ壁一面に並ぶ本棚には、驚かされた。

「すごい蔵書……」

思わずティアは呻いていた。

床から天井までびっしりと本で埋め尽くされている。千冊以上は確実だ。

ジャンルは学習書から大衆小説まで幅広い。だが、どちらかと言えば分厚い学術書の割合が大きいか。大学図書館に置かれているような、歴史書や図鑑が存在感を放っている。

もちろん、本好きの金持ちならば千冊程度は所有しているだろうが——。

「これらの図鑑、国内のものではないわね」

「……ええ、世界各国の本が持ち込まれているようです」

異質なのは、ディン共和国とは異なる言語で記された書籍が大半ということだ。そこらの本好きでも、これほどまで外国の本は揃えられない。中には稀覯本もあるようだ。

一体どのような方法で、これほど収集したのだろうか。

「余の蔵書は気に召したか？　『燎火』の部下たちよ」

「――っ⁉」「え⁉」

突然、二人の背後から声が聞こえてきた。

その男は優雅に部屋の中央のソファで本を読んでいた。先ほどまで不在だったはずなのに、ずっとそこで寛いでいたかのように。本棚に圧倒される二人に悟られぬよう横を抜け、声を発するまで完璧に気配を消していた。

純黒のサングラスをつけている。更にはグレーのライダーズスーツ。室内はもちろん、読書中にもそぐわない装いだが、どこか浮世離れした男の佇まいと自然に馴染んでいた。サングラスのせいで年齢が掴みにくい。

ハスキーな声で語られる。

「なに、そう大したものじゃない。『巔』では二重スパイ工作を積極的に採用している。捕らえたスパイを洗脳し、各国に帰還させ、情報を送らせているのだよ。その際の暗号文は、本などの貢ぎ物に透明のインクで記され、贈られる」

男は本を閉じ、ソファ近くの本棚のスペースに差し込んだ。

「この書架は二重スパイ共の貢ぎ物で成り立った」

圧倒され、挨拶さえできない。

男から放たれる異様な雰囲気だけではない。実力を悟った。一体どれほどの人間を二重スパイに変えれば、これほどの本が集まるのか。

彼は少女たちに背を向ける。

「二階に行けば、別のコレクションルームもある。話はそこでしよう」

リビングの奥には階段があった。

彼に続きながら、ティアは尋ねる。

「アナタが『聖樹』さん……？」

「ダグウィンでいい。それが今用いている仮名だ」

余計な挨拶は不要と言わんばかりに、彼は早口に「要件は『燎火』から聞いている」と語り始める。

「随分と図々しいと思わないか？　え？　『焔』から出た裏切り者によって、同胞がどれほど失われたか。まさか、その生き残りが余に頼み事などとは」

苛立ちが含まれた声だった。

ティアはダグウィンを睨みつける。彼の怒りはクラウスに向けたものだろうが、尊敬する『焔』への批難は見過ごせない。

「……アナタの怒りは正当なものです。でも、たった一つの失態で『焔』がこれまで築き上げた功績が消える訳ではないわ」

「そうだな。もちろん余も世話になった」

ダグウィンの声音は変わらない。

「『巓』の手に負えないスパイは『炬光』に任せていた。あの人の暴力は嵐と呼ぶべき、凄まじさがあった。『炮烙』に仲間共々鍛えてもらったこともある。自分以外は全員リタイアし、数日入院する羽目になったが尊敬の念は消えない。『煤煙』や『煽惑』など傍迷惑な連中もいたが、間違いなく『焔』は最強のスパイチームだった」

「…………」

「ゆえに腹立たしく、そして哀しいのだよ」

どうやら彼の苛立ちには複雑な色味があるらしい。

それを確認すると、もうティアが口に出せることはなかった。背後にいるグレーテも何も言わず、背中を見つめている。

ダグウィンは小さく息を吐いた。

「なんにせよ、余の妹に関係がある頼みでなければ断っていた」

ちょうど二階の一室の前に到着した。大事な部屋らしく、五つの錠がかけられている。

厳重なセキュリティーを、ダグウィンは丁寧に解除していく。

ティアが身体の横で拳を握り込んだ。

「ダグウィンさんの望みを一つ叶えるというのが、ファルマさんがくれた課題です」

「ファルマ、か。ふん、今はそんな仮名だったな」

「一体、何をすればよいでしょう？」

「別に大したことは望まん。お前たちは妹の友人なのだろう？　無理はさせまい」

五つ目の錠を開け終わると、ダグウィンは扉を開け放った。

室内は一階のリビング同様、かなり広めに作られている。

コレクションルームという彼の説明通り、ガラスケースが並んでいる。

ガラスの奥で輝いているのは――少女服だった。

部屋は一面の少女服で埋め尽くされていた。ガラスケースに大切に飾られているものもあれば、壁のフックにかけられているものもある。奥の方にはハンガーラックが八つもあって、その全てにカラフルな服がぎっしりと詰め込まれていた。

「すごい……」とグレーテが言葉を漏らす。

変装に長けた彼女は、服飾にも詳しい。そんな彼女が唖然としている。

世界各国のセレブが愛するブランド品もあれば、図鑑でしか見たことのない民族衣装もある。装飾品もガラスケースの中で煌めいている。共通点は、少女向けの服ということくらいだ。


「信じられないわ……どれだけ多くのスパイを従えたら、こんなに……」

もはや少女服の博物館だった。

ティアも呻く。

これもダグウィンが洗脳した二重スパイに贈らせたものだろう。

集められた服の数は、彼が他国から奪った情報の量に他ならない。

愕然とする少女たちを尻目に、ダグウィンは飾られた服を手に取った。ブランド品らしい、金糸の刺繍が入ったフリルの多いスカートだ。

「お前たち、これを着ろ」

「「……ん？」」

「余の望みはたった一つ。ほかに代えられない唯一無二の願望だ」

彼は真剣な表情のまま、ハスキーボイスで告げる。

「――余の新しい妹となれ」

「せんせえええええええええええええええええええっ！」

夜、首都から本拠地、陽炎パレスに帰ったティアは、クラウスの寝室に駆け込んだ。大声で喚き散らしながら、彼の部屋に飛び込んでいく。

「どうした、ティア？」

机で拳銃の手入れをしていたクラウスに、ティアは声を張った。

「変態がいたわ！」

「あの男、すぐに本性を見せたか」

クラウスは全てを察したように頷いた。

「すまないな。奴の弱点に関わるし、お前たちに危害を加えるような男ではないから、余計な情報は伏せていた」

「グレーテはドン引きしていたわ」

ダグウィンから『妹となれ』と言われた直後、彼女の顔から血の気が引いていた。

『ティアさん、わたくしは帰ります。とても申し訳ないのですが、この方、苦手です』

クラウスとの出会いから、いくらか男性恐怖症が改善された彼女ではあるが、ガツガツくる変態はさすがに無理らしい。即座に去っていった。

ティアは大きく肩を落とした。

「いや、私も変態には慣れているけどね。もうギャップが激しくて……第一印象は凄(すご)く真面目そうな人だったのに……」

「もう少し経験を積めば分かると思うが、変な奴は多いぞ、この界隈(かいわい)」

超マイペースのクラウスが言うレベルらしい。

「『聖樹(せいじゅ)』のダグウィン」

改めてその評価を教えてくれた。

「首都を訪れたスパイを直ちに捕らえ、妹へ貢ぐ奴隷に変える——妹狂いの門番(ゲートキーパー)だ」

優れた防諜(ぼうちょう)工作員には違いないらしい。

首都の一等地に住居を構えているのは、首都にやってきたスパイを捕捉するため。卓越した察知能力を有する彼の生活圏でボロを出した哀れなスパイはすぐに捕らえられ、彼の妹を崇拝する二重スパイへと洗脳される。

そこだけ聞くと、かなり恐ろしい男だった。

「で、どうだ？　奴の望みは叶(かな)えられそうか？」

クラウスに視線を向けられ、ティアは、うっ、と息を呑(の)んだ。「それが中々大変そうで……」と言葉を濁し、昼間に起きたことを思い出す。

グレーテが早々に帰宅し、ダグウィンと二人きりとなる。彼はいなくなったグレーテを気にする様子もなく、ご機嫌な様子でコレクションを自慢してくれた。

「五年前、余はムザイア合衆国のスパイを捕らえた」

　室内を回りながら語り続ける。

「痛みを伴う拷問は好まん。密室で『余の妹がいかに素晴らしいか』を九十六時間寝かさずに聞かせただけだ。産声(うぶごえ)をあげた時から、初めて余を『お兄ちゃん』と呼んだ瞬間に見せた歯の眩(まばゆ)さを経由し、そして、いかに素晴らしく成長を遂げたのかまでをな。最終的に相手は涙腺が決壊したように泣き続けながら、余の言葉に賛同してくれた。実に平和的で愛に満ちた手法だろう？」

「普通に拷問だと思うわ」

「解放後、スパイは自国のメッセンジャーと接触する度に、流行の少女服や女性服、日持ちの良い砂糖菓子を貢(みつ)いでくれるようになった。JJJ(トリプル・ジャック)の内部情報を付けてな」

　ダグウィンは、上質なシルクで織られたブラウスを手に取った。

「これは先日、貢がれた服だ」

「……いくつか聞きたいのだけれど」

　自慢にキリがなさそうなので、ティアが手を上げて制する。

　不満げに「なんだ？」と述べるダグウィンに、質問をぶつけた。

「新しい妹となれ、と言ったわよね。でも、もうファルマさんという妹がいるのでは？」

「……妹には半年前、絶縁を言い渡された」

「でしょうね！」

「はっきりと『キモい』と罵られた。あの温厚な妹が、だぞ」

　むしろ、それまで我慢したファルマに称賛の言葉を送りたかった。

　ダグウィンの行動は妹想(おも)いという範疇(はんちゅう)を超えている。

　月に一度、プレゼントを贈る程度ならまだしも、こんな大量のコレクションを集められて、どう喜べというのか。愛が重すぎる。

　哀(かな)し気にダグウィンは肩を落とした後、両手を大きく広げた。

「ゆえに――余は、この溢れんばかりの愛を新たに注げられる存在が欲しいのだ」

とりあえず彼の望みは把握した。

世界中から集めている服、書籍、砂糖菓子を受け取ってくれる人がいないという。せっかく集めても誰にも喜ばれないというのは、確かに哀しい。

ティアはできるだけ優しく微笑んだ。

「分かったわ。じゃあ、とりあえず着替えるわね」

変態相手にビビるティアではない。

一部の男性がそういう嗜好を有しているのは、とっくに知っている。世の中にはもっと過激な趣味はいくらでもある。「妹がほしい」くらいノーマルの範疇だ。

そう、この課題はむしろティアの得意分野だった。

自身の体形に合うサイズの服を手に取り、ダグウィンには一階で待ってもらう。

選んだのは、かなりあざとめ。フリル多めの白ブラウスに、チェック柄のジャンパースカートを纏う。自身の豊満な胸がちょうどウエストの上に乗るようになっているのは、計算通り。腰の細さを強調するためにベルトも巻き、首元には可愛らしいリボンを巻き、厚底の黒ブーツを履けば完成だ。おまけにツインテールに髪を結う。

ティアは一階にいるダグウィンの前に飛び出し、猫撫で声で笑いかけた。

「これでいいの？　お兄ちゃんっ」

「――良きいいぃっ‼」

渾身のガッツポーズが出た。

ダグウィンは両腕を天井に突き上げ「――良きいいいいいいいいぃっ‼」と叫ぶ。なぜか崩れ落ちるように両膝をついた。

とにかく感動してくれたらしい。

ティアにとってみれば『こんな服を着ている女は絶対に地雷だ』と断言できる程にあざとい服だったが。

「おぉ、新しい余の妹よ」

ダグウィンはサングラスを僅かに持ち上げ、指で目元を拭う。泣いているらしい。

「砂糖菓子もたっぷりあるぞ。持ってこよう。もちろん世界各国からの貢ぎ物だ」

彼は鼻歌を歌いながら、家の奥から砂糖菓子を持ってくる。

とにかく喜んでくれているようだ。

悪い気はしないので、ティアは演技を続ける。

「嬉しいわ、お兄ちゃん。私もお兄ちゃんみたいな存在が欲しくてたまらなかったの」

「良き！　良きっ‼」

　飛び跳ねるダグウィン。

　先ほどの威厳はどこへ行ったのか。

「あ、お茶菓子をご馳走してくれるお礼。晩ごはんは私が作るね、お兄ちゃん」

「良き！　良きいいいっ‼」

　ダグウィンはとにかく楽しそうだった。

　あと何時間か、彼と一緒に過ごせば課題達成でいいだろう。十分に彼の願望を叶えたといえるはずだ。ティアには簡単すぎる課題だった。これはむしろグレーテにとって難題となるかもしれない。

　ダメ押しと言わんばかりに、ティアは愛嬌を振りまく。

「お兄ちゃんって本当に凄いのね。私もお兄ちゃんみたいな、優れたスパイに――」

「やめだ」

「は？」

　ダグウィンの声が一気に冷え込んだ。夢から醒めたといわんばかりに深い溜め息をつき、首を横に振っている。

　サングラス越しにティアへ視線を向けてきた。

「お前は余の妹ではない。さっさと出て行け」

何か大きな過ち（あやま）を犯したらしい。

あれだけ喜んでいたのが嘘（うそ）のように、ダグウィンの態度は素っ気ないものに切り替わっていた。持ち出してきた砂糖菓子を棚に戻し、無表情のまま大股でティアの前を横切る。もう声をかけてもくれない。

態度が急変した理由が分からない。

だが、すぐに引き下がる訳にもいかなかった。

「あ、あのー」甘えるようにしなをつくり、スカートを微（かす）かに持ち上げる。「今晩の都合が悪いなら帰るわね。ただ、お兄ちゃん、最後に着替えを手伝ってほしいな。この服は着るのは楽でも脱ぐのは大変で……」

「帰れ」

ダグウィンはこちらを見ることさえせず、ソファで読書を始める。

「品性を欠くな。妹は愛で（め）る対象であり、妹に欲情する兄などクズだ」

取り付く島さえなかった。

改めて経緯を思い出し、ティアは顔に手を当て大きく息を吐いた。

「正直ショックよ。この私が男をコントロールできないなんて——」

「心を読むことはしなかったのか？」

クラウスに尋ねられ、首を横に振る。

ティアには視線を交わした者の願望を読む、という特技がある。

それさえ達成できればどんな相手でも支配できる自信はあるが、一度心を閉ざしたダグウィンはもうこちらを見向きもしなかった。加えて彼はサングラスをかけている。無理だ。

やはり、この課題の難易度は低くない。

舐めていた自分を恥じ入る。

(でも逃げる訳にはいかない。実際の任務で、こんな事態があったらどうするのよ……)

ダグウィンのような変人と会うことなど、この先いくらでもあるはずだ。人間の欲望の多様さは知っている。相手の願望を叶え、こちらに従わせる技術はティアに不可欠だ。

——ダグウィンの理想の妹にならねばならない。

彼が本当に求めているものを読み取り、実行する。

それがファルマが与えてくれた試練なのだろう。何度だって再挑戦する価値がある。

「先生」

「なんだ？　改まって」

ティアは唇をきっと引き締め、彼に頭を下げた。

「お願い！　理想の妹になるため、私の修行に付き合――」

「断る」

即答。

クラウスはこちらの様子を見ることさえなく、拳銃の部品を一個一個丁寧に磨いている。

バレルの穴を覗きながら「お前の修行は嫌な予感しかしない」と呟いた。

「…………」

まさか拒否されるとは。

ティアは少し悩んだ。小首を傾げながら、目の前のクラウスをじっと見つめる。結論を出す。無理やり彼の手を取って、微笑みかける。

「ありがとう、先生！　修行に付き合ってくれるのね！」

「ごり押しだと……っ⁉」

クラウスが珍しく驚愕した。

が、なんだかんだ協力してくれることは、ティアも薄々理解している。

かくして理想の妹となるための修行が始まった。

修行を約束した翌朝、ティアが布団に包まっていると、横に人の気配がした。目を開けると、クラウスが立っており、ティアを見下ろしている。

寝起き直後に彼の顔を見るというのは、なんだか新鮮で面映い。

ティアはネグリジェ姿のままで身体を起こし、顔を擦る。

「あら？　クラウス兄さん、もう起きなきゃダメ？」

「そうだな。すぐに起きろ」

「えー、あと一時間、寝かせてほしいなぁ。昨日は遅くまで本を読んでいたから……」

「あと一分以内に起きろ」

「ひどいっ………なんで？　今日って特別な用事があったかしら？」

「違う。ここが廊下だからだ」

ティアが眠っていたのは、陽炎パレスの廊下のど真ん中。更に付け加えるならば、クラウスの部屋の正面だった。昨晩に自室からマットレスを運んできた。

途中、通りがかったモニカに「邪魔」と舌打ちされたが、堪えた。

動機は単純——クラウスに起こしてもらうためだ。

「私が見誤っていたわ」

ティアは布団から身体を出さないまま、口にする。

「ここ近年は、兄のお世話をしてあげる妹だけじゃなく、お世話してあげたくなるダメダメ妹も人気なのね」

「それより、お前の布団のせいで僕の部屋の扉が半分しか開かないんだが……」

クラウスからのクレームを無視し、ティアは再びマットレスの上に倒れた。布団から顔だけ出し、甘えるような上目遣いを送る。

「どうかしら？　廊下で寝転がっている、この残念系妹。極上？」

「迷惑だし、お前は元々残念だ」

「クラウス兄さん」ティアがひらひらと手を振った。「朝ごはん、作ってー」

「…………」

クラウスは二言三言、小言を言いたそうな顔をしていたが、やがて一階へ下りていき、十五分後にお盆を持って戻ってきた。野菜のハーブスープとライ麦パンのシンプルな朝食。

廊下で寝転がったままのティアは、大きく口を開けた。

「兄さん、食べさせてよぉ。あーん」

「…………」

クラウスはティアをじっと見つめたまま、しばらく動かなかった。ライ麦パンを一度手にはしたが、それを千切ることなく、手放してお盆のバスケットに戻す。

「……僕の妹よ」

「ん？」

「任務の活動資金をもらったから、今晩、裏カジノで倍にしようぜ」

「突然どうしたのっ⁉」

「あと、今すぐフルーツが食べたいから買いに行きなさい。五分以内」

「一番近くの八百屋まで片道十分なんだけどっ⁉」

なぜかクラウスの口調が変わり、困惑する。

彼はつまらなそうにお盆をティアの前に置いた。

「妹との接し方が分からない」

「え？」

「僕が知っているのは、兄と姉のような存在だけだ。『聖樹（せいじゅ）』の気持ちが分からないな。練習相手に不向きかもしれない」

渋い顔で腕を組んでいる。

どうやらティアが『妹』を演じたように、彼なりに『兄』を演じてくれたらしい。

「ちなみに、さっきのは？」

「ルーカス兄さんとハイジ姉さんの真似（まね）だ」

だとしたら随分と無茶苦茶な兄姉（きょうだい）である。『煤煙（ばいえん）』のルーカスと『煽惑（せんわく）』のハイジ。そういえばダグウィンから「傍迷惑（はためいわく）な連中」と評価されていた気がするが、伝えない方がいいだろう。

クラウスはすまなそうに告げてきた。

「アドバイスはもっと別の奴（やつ）に求めるべきなんじゃないか？」

現在、陽炎パレスは住人の数が少ない。

各々（おのおの）が『鳳（おおとり）』から出された課題に取り組んでいる。リリィとサラは養成学校に戻り、エルナとアネットは路上生活を送っている。モニカもまた外出中だ。

幸いアドバイスを授けてくれそうな仲間は残っていた。起き出して筋力トレーニングに励んでいた彼女に声をかける。

「あれ？　『灯』で妹がいたことあるの、あたしだけ？」

ジビアだった。

『灯』には、姉だった経験のある者は一人だけだった。お互いの素性を全部明かしている訳ではないが、大抵は一人っ子や妹だったと判明している。ティア、サラ、リリィは一人っ子、グレーテ、エルナ、モニカは兄や姉がいる。アネットは不明。

唯一、姉の経験を持つのはジビアだけだった。

「ええ、ぜひ教えてほしいわ。アナタにとって理想の妹とは何？」

「えー、そんな突然聞かれてもなぁ」

質問をぶつけると、ジビアは首を捻る。

陽炎パレスの庭で、彼女は汗だくになっていた。クラウスが任務で出かけたことをいいことに、上半身をはだけさせ、下着同然の姿で横たわっている。彼女も彼女で過酷な訓練に臨んでいるようだった。

しばらく悩んでいたジビアは「あ、そうだ」と口にし、起きあがる。

「じゃ、今日ついてこい」

「え」

「百聞は一見に如かずだろ。あたしの妹と弟を紹介してやる」

タオルで汗を拭いながら、ジビアが肩を叩いてきた。


元々午後は、身体を休ませる予定だったらしい。

シャワーを浴びて清潔な服に着替えたジビアは、『灯』が経費で購入した大型バイクにティアを乗せ、高速道路を豪快に爆走した。荒っぽい運転だったが何度も「寒くない？」と聞いてくる配慮が彼女らしい。途中、ジビアが「任務中見つけた」という激安商店で大量の食材を買い込み、またバイクで移動する。

首都リーディッツまで移動した。

郊外にある建物の前に、バイクを停めた。真っ白な壁の建物だ。突貫工事で建てられたような、飾り気のない平べったい見た目をしている。

建物の前には小さな庭があり、幾人もの子どもがボール遊びをしていた。

女の子の一人がジビアを見つけ、笑顔を向けてくる。

「ジビアお姉ちゃんっ‼」

「おう、フィーネ。元気にしてたか？」

ジビアは快活な笑みで手を上げ、走り寄ってきた女の子の頭を撫でた。

「また小麦粉とバターを買ってきたからよ。パンでも焼こうぜ」

ジビアがバイクの荷台に詰め込んだ食料を披露する。

フィーネと呼ばれた少女以外の子どもたちも駆け寄ってきて、ジビアに甘えていく。

「お姉ちゃん、いつもありがと」「姉さんっ、オレ、読み書きできるようになったんだよ」

「あれ？　姉貴、今日は友達連れてきたの？」

あっという間に十人以上の子どもに囲まれていた。

ティアは唖然とした心地で眺めるしかない。

（この子たちってもしかして……）

直接見た訳ではないが、ティアも関わっていた。

――貧困街に暮らしていた、窃盗グループの子どもたち。

フィーネという名前には聞き覚えがある。『灯』結成直後の訓練中に出会った子どもだ。

ガルガド帝国のスパイと間接的に関わった元軍人の支配下で、暴力を受けながらスリをさせられていた。

子どもたちは警察に保護され、孤児院に入ったと聞いていた。

ティアが唖然としていると、優し気な女性が施設から出てきて「ジビアさんのご同僚ですか?」と尋ねてきた。「わたしはここの院長です」

「え、ええ。同僚みたいなものです」

「わざわざお越し頂いてありがとうございます。いつもジビアさんにはお世話になっているんですよ」

院長、ということは、やはり孤児院なのだろう。彼女の言葉から察するに、ジビアは頻繁に通っているようだ。

院長は、子どもとじゃれ合うジビアに温かい視線を送っていた。

「来るたびに食べ物やお金を持ってきてくれるんです。子どもたちとの遊び相手にもなってくれて、院長として感謝しかありません」

「あの爺さん議員も頑張ってんだけどな」

子どもに纏わりつかれたジビアが照れくさそうに笑う。

「たまに爺さんのとこに『施設に配る補助金を増やせ』ってカツアゲしに行くんだけど、いつも『お前に言われんでも必死に掛け合ってるわい!』って追い返されるんだよ」

ウーヴェ=アッペル議員のことだろう。

児童福祉に取り組んでいる、厚生衛生省の副大臣を務めている政治家で、ジビアはミッションで関わりを持った。

彼女はフィーネに手を引かれながら、顔だけこちらに向ける。

「だから、やっぱ金は足りねぇや。代わりにあたしが時々差し入れに来るんだよ」

照れくさそうに目を細めて言うジビア。

確かに孤児院の子どもたちの服は、色褪せて古そうなものばかりだ。同じ服を着回しているのだろう。ジビアが買い込んだハチミツやバターに目を輝かせている。高価な食材を日常的に購入できる環境でもないのだろう。

こうしている間にも、子どもたちはジビアに話しかけていた。

「ジビアお姉ちゃん、でもオーブン、壊れてるぅ！」

「仕方ねぇなぁ。今から直し方を教えてやるから、横で見とけよ」

「え。姉ちゃん、そんなこともできんのっ⁉」

「舐めんなよ？　とりあえず、この辺の材料を中へ運んでくれ」

ジビアの指示に、子どもたちは元気よく答えている。

彼らとジビアの間に血の繋がりはないはずだ。しかし、それでも彼らはジビアにとって弟や妹のような存在なのだろう。

だが気になった――ジビアの本当の弟や妹は今どこにいるのか？

尋ねようか迷っている間に、ジビアが振り返った。

「あ、そうだ。ティア」

「え？　なに？」

「お前の質問の答え、思いついたわ。あたしにとって理想の妹。悩むまでもなかった」

ジビアがまっすぐにこちらを見つめながら答えてくれた。

「――――」

言葉が耳に届いた時ハッとするほどに、完璧な答えだった。

やはりティアやクラウスには思いつかない。妹や弟を持つ者だからこそ抱ける願望。

「せっかくだから、手伝っていけよ」とジビアに声をかけられ、ティアは「そうね」と子どもたちの輪に入っていく。

子どもたちの中には、艶（つや）やかなティアの髪に憧れるような視線を向けている女の子もいる。彼女らに髪の手入れ方法を教えてあげてもいいだろう。

結局、その日は夕方になるまで孤児院で過ごした。

とびっきり美味しいパンを作り終わると、もう夜になっていた。

またジビアのバイクで陽炎パレスまで戻ると、グレーテがお茶を淹れてくれた。そういえば、ダグウィンの家で別れて以降、彼女とあまり相談をしていない。

――結局、グレーテは課題をリタイアしてしまうのか。

確認していなかった。

そんな疑問を抱いていると、彼女の方から「実は」と明かしてくれた。

「……先ほど、わたくしは課題を達成してきました」

「…………」

さすがとしか言えなかった。

グレーテ解説――超お手軽『聖樹』攻略3ステップ！

【手順①『羽琴』のファルマに変装した後、クラウスと密着する。嫌がられても『これは訓練に必要ですので』と押し切り、腕を組んで写真撮影を行う】

「……ボス、腕を組みましょう」

「近い」

「逃げないでください……撮影三秒前……はい、チーズ、です」

【手順②　出来上がった写真を『聖樹』のダグウィンへ届ける】

「……ダグウィンさん。ファルマさんとボスの密着デート現場を押さえました」

「ぶっ殺おおおおおおおおおおすぅぅっ‼」

【手順③　このタイミングでダグウィンの望みを叶(かな)える、と申し出る】

「『燎火(かがりび)』の居場所を教えろ。今すぐ殺してやる。あの男が妹を誑(たぶら)かしたのだな」

「……はい、それがダグウィンさんの望みならば叶えて差し上げましょう」

以上で課題達成。お試しあれ。

グレーテは簡潔に明かしてくれた。

彼女の完璧な変装技術があってこその作戦ではあるが、むしろダグウィンのチョロさの方が際立っている気がする。

そういえばクラウスも、妹狂いはダグウィンの弱点、ということは仄めかしていたか。

「もちろんボスに迷惑はかけられないので、ボスの居場所を教える気はありませんでした。『ボスは密林にいる』と嘯き、ほとぼりが冷めた頃に種明かしをする……」

「ダグウィンさん、可哀想すぎない？」

「……という予定でしたが、ボスが『「聖樹」とは一度戦ってみたい』とのことで、正しい場所を教えました」

「もっと可哀想じゃないっ⁉」

いくらダグウィンといえど、クラウス相手では勝ち目が薄いだろう。

今頃返り討ちに遭い、種明かしをされてプライドがズタズタになっているはずだ。少し気の毒だ。

「……ティアさんも同様の手法で達成してみては？」

グレーテが拳をぐっと握る。

「ボスとの捏造デート写真ならいくらでも再撮影しますよ……！」

私情が多分に感じられるが、深くは追及しまい。これで彼女の恋愛を応援できるならば、恋愛の師匠として認めてやりたい気もするが。

だがティアは首を横に振る。

「ごめんなさい。とても見事な策だと思うけれど、遠慮させてもらうわ」

もちろんグレーテの計略は優秀だ。

発想の転換が素晴らしい。『願望を達成する』ではなく『達成できる願望を抱かせる』と切り替え、あっという間にミッションをこなした。

――最低のコストで結果を出す。

共に策略を練る情報班の仲間として嫉妬するほどの実力だ。

だがティアの理想とは異なる。

グレーテもまた分かっていたように「……そうですよね、ティアさんならそう仰(おっしゃ)ると思っていました」と穏やかに微笑(ほほえ)んだ。

想定通り、ということだろう。

ティアは「ええ、そうよ」と自身の胸元に手を置いた。

「私はね、ダグウィンさんの望みから逃げずに、しっかりと叶えてあげたいのよ」

たとえグレーテのアイデアを撥ね退ける形になっても、自身の方針は譲れない。

――最高のパフォーマンスを目指し続ける。

自分と対立する相手さえ救う。それはティアにとって決して曲げられない信念だった。

一日準備に費やした後、ティアは改めてダグウィンの家を訪れた。

鍵は開いていたため、チャイムは鳴らさず入っていく。ノックもしない。

このルールを聞いた時は『どんな暗殺者でも返り討ちにできる自信』や『ディン共和国のスパイでない者を見分けるための策略』かと色々考えていたが、おそらく真実は『普通、妹は帰宅の際、チャイムを鳴らさないから』のようだ。バカバカしいが一応従った。

「なんだ?」

ダグウィンは一階のリビングで頭の包帯を巻き替えていた。器用に一人で傷パッドを押し当て、うまく包帯を締め付けている。

クラウスと戦った際に受けた傷らしい。クラウスは実力が違いすぎる相手には、傷一つ付けずに気絶させられるので、ダグウィンはやはりかなりの戦闘技術を有しているようだ。

「今、余は機嫌が悪いのだ。余の妹になれない奴に興味はない」

声には棘があった。初対面の時よりも更に愛想がない。

一方的に話を切り出すしかなかった。

「確認させてほしいの。アナタが妹のファルマさんから絶縁された理由を」

ティアの言葉に、ダグウィンの眉がピクリと動いた。

構わず言葉を続ける。

「一体なにがあったんだろう、と考えたの。最初はアナタの妹狂いが原因かと思ったけれど、絶縁されたのは半年前と言ったわね？　アナタはずっと昔からコレクションを集めていた。過度な愛情は直接的な原因じゃない」

半年前――その辺りにファルマに起きた出来事は把握している。

彼女には人生で大きな転機が訪れた。

「そして知り合いに教えてもらったわ。姉が、妹や弟に望むこと」

ジビアの言葉をそのまま引用する。

「――自分より先に死なないこと」

ジビアがどんな気持ちで告げたかは分からない。

だが、安全な場所で幸せに生きてほしい——それが妹や弟に願うことだとハッキリと語った。

だから推測できる。なぜダグウィンとファルマは仲違いしたのか。

「アナタは、ファルマさんにスパイになってほしくなかったのね？」

「あぁ、その通りだ」

ダグウィンは誤魔化すことなく肯定した。

「余の父は、貧しい石工だ。余が軍人から、対外情報室のスパイに転向したのも、軍人より給金が高いという理由だ。家族に楽な暮らしをさせるためにな」

彼は強く本を閉じる。

「にも拘わらず、妹が命を危険に晒してスパイになるという——認められるはずがない」

苛立ちを隠さない声で説明してくれた。

そもそもファルマは怠惰な生活を好む子だったという。だが、自分が周囲の人間より優秀な事実に気づくと、使命感に目覚めてしまい、スパイ養成学校に入学してしまった。

その時点でもダグウィンは反対した。

だが、面倒くさがりの妹ならば養成学校で退学になると予想し、強くは言わなかった。

「まさか卒業するとは思ってもみなかったよ」

溜め息をつくようにダグウィンが吐き出した。

「退職しろ、と詰め寄ったら絶縁された。『束縛がウザい』ときつく拒絶されてな。だが仕方がない。兄より死に急ぐような者を——余は妹とは認めん」

「ふざけないで」

彼の勝手な言い分に思わず、ティアは声を荒らげていた。

「そんなの、アナタの勝手な理想を押しつけているだけじゃない！」

「そう思うか」

「ええ。カッコいいこと言って、妹の人生を縛っているだけよ！」

ダグウィンの行動は、ファルマの職業選択の自由を奪っている。

ティアの目から見ても、ファルマは嫌々スパイをやっているようには見えなかった。だらしない部分はあれど、彼女は自ら望んでミッションをこなしていた。それは否定されていい権利ではない。

「『鳳』は誇り高き人たちよ」

彼女が所属していたチームの名を挙げる。

「国の危機に急遽結成された新人中心のチームなのに、もう多くの任務を達成している！　ファルマさんは『鳳』の一員としてプライドをもっているはずよ」

「お前の方こそ愚弄するな」

　ダグウィンはサングラスのブリッジを指で押し上げて口にする。


「そんなことは余が一番分かっている――‼」


　窓がびりびりと揺れるような、力強い声量だった。

　こんな声も出せたのか、と驚いてしまうくらいに。

　ダグウィンは感情を露わにしたことを恥じるように項垂れた。国を守り続けるスパイに似つかわしくないほど、その背中は力なく見える。

「アイツが本心からスパイの道に進んだことなど知っている。一体なにが、あの怠惰な妹を変えたのかは不明だがな。強い決意を胸に宿していた」

「………」

「それでも余は、妹にスパイとなって欲しくなかったのだよ」

　彼は呟いた。

「安全であれば、どんな職でも応援したさ。全力で支えた。時折、余の元に戻り、余が集めた服や菓子を喜ぶ顔を見せてくれるだけでいい。理想くらい押し付けるさ。アイツは、余の唯一無二の妹なのだからな」

その寂し気な言い方で、ティアもまた理解する。

——ダグウィンはもうファルマが戻ってこないことを知っている。

彼の願いは『新しい妹が欲しい』というものだった。『ファルマと和解したい』『ファルマにスパイを諦めてほしい』などとは一度も要求しなかった。

誰に頼もうと、叶わないと諦めているからだろう。

「……私では、アナタの望みを叶えられないわ」

ティアは首を横に振った。

「私もスパイという道を選んだ。アナタが望むような妹にはなれない。またすぐにこの国を離れ、命を懸けて世界を変える」

「あぁ、気づいている。だから追い返したのだ」

ダグウィンがつまらなそうに言った。

初対面の時、彼がティアを追い返したのも同じ理由だろう。ティアは『ダグウィンのようなスパイになりたい』と口にしかけたからだ。

愛する家族のために命を懸けて、スパイとなった『聖樹』のダグウィン。

だが、その愛する妹もまたスパイとなってしまい、彼は目的を失ってしまった。

「空虚でしかない」

哀し気に彼はサングラスを押さえる。

「だとしたら、余はなんのためにこの国を守ってきたのか。残されたのは、誰にも喜ばれない本、誰にも喜ばれない服、誰にも喜ばれない砂糖菓子。虫に食われ、カビに侵され、腐りゆく物に囲まれ、余は残りの人生を歩まねばならぬのか」

「…………」

「妹が欲しい。心から願うよ。この心の穴を埋めてくれる存在が――」

「ダグウィンお兄ちゃん」

その声を発したのは、ティアではなかった。

もちろんフェンド連邦に発ったファルマが戻ってきたということもない。

部屋の入り口には、十人近くの子どもたちが立っていた。声を発したのは、その先頭でサッカーボールを抱える――フィーネだった。

子どもたちの傍らには、ジビアも引率するように立っている。

ダグウィンが意外そうに眼を剝く。

「なんだ、この子たちは……」

「孤児院の子どもたちよ」

ティアが解説する。

「アナタが守ってきた国に暮らす、普通の子どもたち。アナタのおかげで危険から守られてきた」

ダグウィンだけに伝わるよう囁き、ティアはフィーネたちの元へ移動した。

「ねぇ、ダグウィンさん。この子たちを妹のように可愛がるのはダメかしら？」

背後から両手をフィーネの肩に置いた。

「さっき『なんのためにこの国を守ってきたのか』と言っていたわね。この子たちの笑顔は、その理由にはならないの？」

ダグウィンは目を見開いたまま動かない。

フィーネは小さく頷き、ダグウィンの元へ近づいた。

「あ、あの、お姉ちゃんから一人、寂しく暮らしているって聞きました」

フィーネがたどたどしい声で言う。

「よかったら一緒に遊びませんか？　ダグウィンお兄ちゃん」

彼女はダグウィンに近づき、ボールを差し出した。

その後ろでは、子どもたちがじっと心配するような視線を向けている。

もちろん、子どもたちにはダグウィンの素性は明かしていない。

ただお願いしただけだ。『誰よりも頑張ってきたのに、ひとりぼっちの男』がいるから会いに来てほしい、と。

彼女たちは快く引き受けてくれた。

「…………………」

ダグウィンはフィーネが持ってきたボールをじっと見つめる。

もしかして迷っているのかもしれない。ティアの提案は、彼の喪失を埋め合わせる誤魔化しに過ぎない。

それでも実際、子どもたちと引き合わせたことで、彼の心が揺らぐことを願った。

彼は顔を晒さないように手で遮りながら、サングラスを一度外し、目元を擦る。息を吐きながら、再びサングラスをかけ直す。

「余の妹も」彼は口にした。「昔はこのように懐いてくれたものだ」

「ファルマさんにも、そんな時期はあったのね」

「今じゃすっかり面影はないがな」

あまり想像がつかなかった。

ダグウィンとファルマはかなり歳(とし)が離れているらしい。サングラスで分かりにくいが、その表情には遠い過去を懐かしむような、頬の緩みが窺(うかが)える。

「ティア、といったな」ダグウィンが顔を上げた。

「ええ」

「余も分かっていたさ。去っていった妹に固執しても仕方がない。お前のような危険に身を投じていく者を繋(つな)ぎ留めておくこともできない」

ダグウィンは頷いた。

「認めよう。この子たちはもう余の新しい妹と弟だ」

彼が口にした途端、フィーネは振り返り、ティアに嬉(うれ)しそうな笑顔を見せてきた。

ティアもまた笑顔で返す。

他の子どもたちもニコニコとしている。隣でジビアがぐっと拳を握り込んだ。

そんな少女たちの挙動には気づかないダグウィンは満足げに口にした。

「そうだな。実妹に絶縁され、このぽっかり心に空いた穴を埋めるのは――」

「よし、言質(げんち)は取ったわ！」

「ん？」

首をかしげるダグウィン。

それを無視して、ティアは子どもたちに号令をかけた。

「もう猫を被る必要はないわ!!　ダグウィンお兄ちゃんから洋服とお菓子をもらってきなさい!!」

「「「わああああああ」」」

子どもたちは我先にと駆け出した。

先ほどの控えめな態度が嘘のように、大声ではしゃぎだす。

台所の戸棚を漁り「お菓子があったー!!」と声をあげ、二階に上がる階段を見つけ「こっちに洋服がたくさんあるんだってー！」と冒険するように上り始める。

ダグウィンは瞬きをしていた。

「あ……？」

「当然でしょう？　この子たちは、アナタの心をケアする道具じゃないわ」

ティアが口にする。

「お兄ちゃんなんだから、少しは弟や妹に援助してあげてよ。どうせ捨てるだけのお菓子や、棚の奥底にしまいっぱなしの服もあるんでしょう？」

「……にしたって、もっと、こう……風情はないのか……？」

勝手に家を荒らされ、ダグウィンは唖然としている。

二階からは「この部屋、鍵がかかってるー‼」と不満げな声が聞こえてきた。ダグウィンのコレクションルームの部屋のことだろう。

そこでジビアがダグウィンの横を通り抜け「もう盗んだ」と掏った鍵を二階へ放る。

ダグウィンが血相を変えて、駆け出した。

「待て待て待て待て待て待て待て！」

まるでスパイを拘束するような必死さで、二階に上がっていった。

ティアは一階に残ったまま、階上から聞こえてくる声に耳を澄ませる。

子どもたちはコレクションルームに到達したらしい。「すっごー！」「これ、男が着ても良さそう」と楽し気な声が聞こえる。

続けてダグウィンの悲鳴も届く。

「そ、それには触れるな！　これは歴史ある、かの有名な――」

「えー？　なんでー？」

フィーネの生意気そうな声。

「着ない服を飾って、どうするのー？」

「おのれ！　マニアの気持ちが分からぬとは！　そういうものもあるのだ！」

「意味なーい」

「ダメなものはダメだ！　せめて、こう……めでたい日にだけ着るとか――」

フィーネとダグウィンが言葉をぶつけ合っている。

先ほどのフィーネの態度は、偽りのものだった。ティアが、ダグウィン好みの妹に合うよう演技指導を施した。

その成果に満足して頷いていると、ジビアに白い眼を向けられる。

「お前よぉ、今回は許すけど、あんまりフィーネたちに変なこと吹き込むなよ？」

「わ、分かってるわよ」

「本当は良くないんだからな？　孤児ビジネスっつぅのもあるんだし。この辺、大分センシティブな問題なんだぜ？」

ジビアが心配するのも無理はない。

世の中には、孤児に哀れみを誘う格好をさせ、観光客や篤志家から寄付金を募るという手法がある。

一時的な生活費稼ぎにはなるが、人から与えてもらうことしか教育されなかった子どもは、将来大きな苦労を背負う羽目になる。子どもの未来を潰す、搾取（さくしゅ）行為だ。

今回のティアの手法は、一つ間違えれば、それに該当する。

ゆえに、しっかりと説明した。

「今回は特別よ。ダグウィンさんはそういうことも分かっている人だから」

「なんでそう思う？」

「彼が集めていたのは、妹を甘やかす洋服やお菓子だけじゃないもの。しっかり図鑑や学術書も集めていた。妹の将来や教育のことも考えている兄なのよ」

二階からはフィーネとダグウィンの口論が続いている。

「ま、待て待て。バランスが悪い。菓子や服ばかりでなく、余が集めた本も持っていけ」

「えー、あの本、難しそう」

「ぐぬ……分かった。なら余が今度、文字を教えてやる」

「勉強は嫌！」

「ダメだ！　歴史の知識がないから、これらの服の価値も分からんのだ。いいか？　この溢(あふ)れんばかりの余の愛で授業をしてやろう。すぐ勉強が楽しくなるぞ」

もう二人は仲が良さそうだった。

やはり問題は起きそうにない。

彼ならば時に甘く、時に厳しく、子どもたちに接してくれるだろう。

「あの孤児院がエリートだらけになる日も近いわよ」

笑いかけると、ジビアが楽し気に「やるじゃん、ヒーロー」とご機嫌に肩を叩いてきた。

溢れる笑顔を見届け、ティアは不思議な感慨に包まれる。

（なんだか、おかしい感じ。嘘しかついてないのに……）

今回ティアは、フィーネたちを扇動して、ダグウィンを騙した。だが、フィーネたちには当然、ダグウィンの素性全てを明かしていない。

嘘を振りまいて、大きな力を生み出していた。

（……これが……私の騙し方…………？）

まだハッキリとは摑めていない。

だが、一つのヒントを見つけ出せた気がする。

ティアのスパイの力。嘘と特技を重ね、本来の何倍の強さをも発揮する手法——詐術。

ふうっと息を吐いた。

（ねぇ、ファルマさん。これで良かったのよね？）

やがて楽しそうに一階へ下りてきたダグウィンたちを見つめ、ティアはこの課題を授けてくれた少女を思う。彼女はどんな想いで、絶縁した兄の望みを叶えるよう指示したのか。

ダグウィンとフィーネはまだ言葉をぶつけ合っている。

「ほら、この本にも載っているだろう？　余のコレクション！」

「あ、ほんとだ。本当に歴史ある服なんだ」

「そうであろう？　勉強をすれば世界への理解が深まるということだ」

「ふーん。じゃあ、この図鑑は売らない方がいいのね」

「売る気だったのか⁉」

ファルマに聞きたくなった。これはファルマが思い描いた未来通りなのか。ティアに導いてほしかった光景なのか。

なぜかは分からない。虫の知らせとしか言いようがない。

ただこの時のティアは、どうしてもファルマと会いたくて仕方がなかった。まだ別れて数日しか経っていないのに、すぐに彼女と言葉を交わしたかった。

以上は、『灯』の少女たちが『鳳』壊滅の知らせを受ける数日前のこと。
メンバー全員が死力を尽くす、過酷な諜略戦の直前であった。

インターバル①

「……ランさんの新たな行先の候補としては妥当ですね」

　挙げられた候補にグレーテがコメントする。

　リリィが挙げた『養成学校の教官』という案、そしてティアが挙げた『他チームの一員』という案は、他の少女たちも「なるほど」と納得の反応を示す。

「ランさん自身の資質はともかく、『鳳』として短いながらも任務に携わってきた経験があります。教官は有力な候補ですね。あるいはランさんが前線に復帰する希望があるなら防諜チームというのは相応しいかと」

　一部の少女から「教官は無理でしょ」「いや、一応優秀っすから」「俺様っ、養成学校も人材不足だと思いますっ！」と声があがるが、とにかく候補としては有力だった。

　そんな盛り上がりの中で、ティアだけは唯一視線を落として「……ダグウィンさん、今はどうしているのかしら」と息を漏らした。彼の妹であるファルマが命を落としたことは、当然伝わっているはずだ。

とりあえず黒板に案を記入し、グレーテが「次は……」と話を促す。

手を挙げたのは、エルナとジビア。

「エルナからも案があるの！」

「あたしも……ま、あたしの場合、候補って言えるかどうかは不明だけどな」

かくして次は、彼女たちの口から紡(つむ)がれる。

『浮雲(うきぐも)』のランの新たな行先――スパイが進む、次なる人生の生き方を。

3章　case 諜報機関幹部

――フェンド連邦謀略戦。

後に『灯』がそう名付ける任務は、事前の予想を遥かに超え、過酷な任務となった。メンバー全員がいくつもの死線をかいくぐる結果となった。

途中メンタルを崩す者も多かった。

――『鳳』メンバー、『浮雲』のラン一名を除き死亡。

その知らせを受けた時、少女たちの多くはしばらく食事もまともに喉を通らなかった。哀しみを堪え、それでも任務に臨めたのは『鳳』の無念を晴らしたいという一心。どんな苦境にもめげない『花園』のリリィの励まし。

そして彼らから受け継いだ技能を発揮し、『鳳』との蜜月の価値を示してみせた。『鳳』を襲撃したフェンド連邦諜報機関ＣＩＭの防諜部隊――『ベリアス』を打倒し、彼らの背後にいる存在を暴いてみせた。

だが、その直後『灯』は更なる危機に襲われる。

――『氷刃』のモニカ、離反。

突如仲間に牙を剝いた彼女は、アネット、ティア、エルナを襲撃、グレーテを誘拐。

仇敵『蛇』のメンバーと思しき者と共に姿を消した。

『灯』は息をつく暇さえなく、彼女の行方を追わねばならなかった。


フェンド連邦の首都ヒューロの街を舞台に、モニカの捜索が行われた。

中心となったのはもちろん『灯』のボス――クラウスだった。

拠点であるマンションの一室で、テーブルに地図と新聞を広げ、彼は唸る。

「……混乱が広がっているな」

「そうですわね、発砲事件がこの区域だけで昨晩五件ですか……」

「アメリ、これをどうみる？」

「もちろん平時では有り得ない事態です。ですが、ここにモニカがいるとみるのは早計ですわね。元々ここはジンク・ファミリーという王室を信奉するマフィアの根城です」

「暗殺事件のせいで別の騒動が起きている、と？」

「おそらくは。排外主義も根強い組織です。昨晩ミークストリートでムザイア合衆国料理の店が襲われた事件は、彼らの仕業でしたでしょう？」

「そうか、だが確認しない訳にはいかないな」

クラウスの傍らには、一人の女性が存在した。

奇抜な装いだ。黒を基調とし、スカートの裾や襟に至るまで無数のフリルがあしらわれ、少女趣味全開のいわゆるゴスロリ服を身に纏っている。中世の貴族にしても、このような装いをするのは年端のいかない少女のみだ。それを二十代半ばの目に濃いクマのできた陰鬱な女性が着ているのだから、異様という他ない。

――『操り師』のアメリ。

ＣＩＭ最高機関『ハイド』の直属特務部隊『ベリアス』のボス。

モニカ捜索の期間、クラウスは彼女の力を借りていた。彼女の部下を全員人質に取り、無理やり従わせ、マンションに彼女を連れ去り、一つ屋根の下で寝食を共にする。

言ってみれば、敵対していたスパイたちの奇妙な同棲が行われていた。

これは、その生活を支えた、『灯』の一人の少女の物語。

和やかな絆と安らかな日々は、完膚なきまでの破綻で終わりを迎える。

「僕は出かけてくる。エルナ、奴の見張りは任せた」

「分かったの」

早朝クラウスは手短に言葉を残し、すぐにマンションから出て行った。普段よりも足早で、やはり焦りが感じられる。

去っていく彼に手を振りながらエルナは息をついた。

(……せんせい、今回ばかりは余裕がなさそうなの)

現在『灯』は動ける人員が少ない。

グレーテは行方不明、アネットは入院中。サラは捕らえた『ベリアス』の部下をランと共に見張っている。

通常の半分以下の人員で奔走しており、もちろんその中心はクラウスだ。

彼の表情は張り詰め、その身体は休む間もなく動き続けている。

しかし、その奮闘を阻むように、ヒューロの街は、ダリン皇太子が暗殺されたニュースを契機に、大きく荒れていた。外国人への排斥運動、政府批判に盛り上がる反社会団体、普段では起こりえない過激な事件がいくつも起きている。

この中で、目的さえ不明なモニカを見つけ出すのは至難の業だ。

それでも一切怯まない彼の背にエールを送っていると、背後のリビングから不満そうな声が聞こえてきた。

「……まったく、ワタクシを連れずに、こそこそと」

アメリだった。

この日、クラウスはアメリを連れて行かなかった。基本的には行動を共にしているが、稀に彼女に悟られたくない捜査があるのか、一人で動くこともある。

——クラウス不在時、アメリを見張るのはエルナの役割だ。

部屋はエルナとアメリの二人きり。

人員不足のため仕方がないとはいえ、奇妙な取り合わせだ。

アメリはリビングで、エルナが事前に買ってきていた新聞やラジオから得られる情報を整理している。クラウスなしで外出は許されていない。

エルナは朝ごはんを作ることにした。

それらの雑務は、エルナの分担だった。買い出しや家事を忙しいクラウスにさせる訳にはいかない。

卵を手早くフライパンで炒め、冷水に浸けていたレタスの上に添える。トーストはチーズをたっぷりとのせて焼くのがエルナの好きな食べ方。ベーコンをトーストの上に乗せるか迷ったが、一ミリ幅で細かく切り、カリカリに焼いてサラダに後のせする。

そこに昨晩から用意していた特製の野菜スープを合わせれば、完成だ。

用意したのは二人分。

「朝ごはんができたの」

「ええ、ありがとうございます。そうですね、少し休憩しますわ」

アメリが顔をあげ、ダイニングテーブルの方へやってくる。出来上がった朝食を見て、「美味しそうですわね」と頬を綻ばせた。

テーブルを囲み、朝食をとる。

別々の場所で食べるには、このマンションは散らかりすぎていた。食事ができるスペースがあるのは、このテーブルだけだ。

お互い無言でナイフとフォークを動かしていると、アメリが尋ねてきた。

「……ワタクシの部下たちにも、食事は与えられていますか？」

不安そうに目尻を下げている。

エルナは小さく頷いた。

「当然なの」

彼女の部下二十五名は現在『灯』の監視の下、拘束されている。食料はジビアとリリィが届けて、サラとランが面倒を見ている。

アメリはなお見つめてくる。

「アナタたちとの争いで怪我をした者もいます。それらの容態は——」

「エルナが言えることはないの」

短く答える。

「アナタが『灯』に従っている間は、部下の安全は保証する。言えるのはそれだけ」

余計な情報は与えない。

現在『灯』とアメリの関係は、微妙なバランスの上に成り立っている。違う国に仕えるスパイチームとしての敵対関係がまず大前提。だが『灯』は彼女の部下を人質に取ることで、アメリを一時的に従わせている。

しかし、それで安心できるかと言えば、そうではない。

（つまり——）

静かに視線を送る。

（この人ならば、部下二十五名の命を切り捨てかねないの）

むしろ、それが本来の立場だろう。

フェンド連邦を守護する鉄壁の防諜部隊。その役割を全うするならば、アメリが行うべきは部下を見捨て、目の前のエルナを殺し、自身の仲間に状況を伝えることだ。

しかしアメリは『灯』に従順な態度を取り続けている。

（……CIMの最高機関『ハイド』に不信感を持っているから……？）

そういう建前らしいが、実際の胸の内は不明だ。

──一時的な協力をしている敵。

一言で言い表すなら、それだ。

改めて彼女との奇妙な共同生活に想いを馳せていると、アメリが食事を終えた。食後の紅茶も飲み終え、小さく息をついている。

「少し身体が痒いですわ」

「…………の？」

「『燎火』が外出している間に、シャワーでも浴びますわ」

食器を流し台に運び、彼女は浴室の方へ向かっていく。

エルナは食事途中だったが「浴室のそばで待機するの」と後を追った。

「あら？　ゆっくりと召し上がっていてもよろしいのに」

「そうはいかないの」

首を横に振る。

「脱衣所の窓から暗号を出すこともできるの。目は離せないの」

アメリは一瞬不服そうに瞬きをしたが、何も言わずにタオルと化粧ポーチを持って浴室へ向かっていった。

「…………………………………………」

エルナは一切の愛想を示さない。

自身が人見知りであることを差し引いても、二人の間には大きな溝があった。アメリを意識する度に、思い出さねばならない事実が存在する。

――『ベリアス』は『鳳』を襲撃した。

「上からの命令に従っただけ」「彼女たちも『蛇』に騙されていた」そんな言い訳では、感情を整理しきれない。

最終的に『鳳』の大半を殺したのは『蛇』のようだが、遺恨は消えない。

『鳳』の一人――『凱風』のクノーは、彼女らに殺されている。

『凱風』のクノーは社交的な人物ではなかった。

不気味な白い仮面をつけた、寡黙な大男。少女たちはもはやクマの置物としか認識していなかった。無理やり『灯』の生活を荒らしてきた『鳳』のメンバーの中では浮いていた。

陽炎パレスの庭で勝手に家庭菜園を始めた以外は、ほとんど無害な存在。

しかしエルナと僅かに縁はあった。

彼が己の技術を託したのは、エルナとリリィ。息を殺すように身を潜め、確実にターゲットを仕留める極意。目立ちたがらない彼らしいと言えば、彼らしい技だ。

そして『鳳』との生活後半、エルナは奇妙な情報を吹き込まれていた。

「…………」

「…………」

「…………」

「…………」

庭で野菜に水をやっているクノーの背後で、エルナは観察を行っていた。

いかんせん人見知りなので話しかけるのに時間がかかった。

「…………………………」

ゆえに尾行よろしく背後でじっとしていると、唐突に彼の方が振り返った。

「……疑。どうした？」

「――――っ⁉」

尋ねられ、びくびくしながら物陰から姿を出す。

どうしても聞きたいことがあった。

高鳴る心臓の鼓動を感じつつ、伏し目がちに口にした。

「ア、アネットから聞いたの」

「クノー、お兄ちゃんは…………殺人鬼なの……？」

クノーが小さく呻いた。

一時、友人のアネットの情緒が不安定だった時期がある。毎晩エルナの部屋に忍び込み、ベッドの毛布に包まって「……オリーブゥ……」と悪夢にうなされていた。

その寝言の中で、黒猫がどうこう、ギャングの行動がどうこう、という情報と共に「殺人鬼の仮面ヤロー」という言葉もあった。クノーが該当しなければ、街のどこかに殺人鬼が潜んでいることになるのだが──。

クノーの身体が揺らいだように見えたが、仮面のせいで表情は読めない。

「…………是。その通りだ」

息を吞む。

仮面越しに諦めたような声が届き、クノーは首肯した。

「……十六歳の頃から、俺は三十四人の人間を殺している。そのうち五人はスパイとなる前に殺している……」

乾いた声だ。

「理由を聞くな。そういう性質だからという他ない……そうだな……対象は選別しているつもりだが、殺人鬼という事実には違いない……」

「……っ」

「……是。それを確認したかったのか？」

声音は、傷つけられたような色味を帯びていた。

エルナは首を横に振る。

彼を裁きたい訳でも、責め立てたい訳でもない。ただの確認だ。

「でも」エルナは労るように口にする。「悪い人には見えないの」

本音だ。

事実『鳳』のメンバーは彼を信頼している。任務では大きく裁量権を認め、彼一人で行動をさせているらしい。

「…………」

クノーはじっとこちらに顔を向けている。仮面で分かりにくいが、観察するような沈黙だった。

不思議に思って首を傾げると、クノーは「そうか」と口にした。

「……お前はそういう類の者に惹かれる人間だったな……だが、俺はお前を罰する気などない。お前の自罰欲求も破滅願望も叶えられない……」

「の……？」

「そして、アイツとうまくやれる理由が分かったぞ……」

クノーは目の前の家庭菜園から、一つ根菜を収穫した。ラディッシュだ。僅かな期間しか育てていないにもかかわらず、大きく根が膨らんでいる。

「……『忘我』のアネットをよろしく頼む」

彼はラディッシュの土を払い、エルナに差し出した。

なぜ彼がアネットの身を案じるのかは分からない。しかし、彼らにしか分からない繋がりがあるようだ。殺人鬼だからこそ理解できるアネットの側面なのか。

彼は小さく身体をゆすった。

「……否、俺にそんな義理はないか」

仮面越しであったが、彼が笑っているのは自然と理解できた。

生活の中で、アメリがエルナに話しかけることはなかった。

アメリがシャワーを浴びたその日も、言葉を交わすことなく時間が過ぎる。

相手もまた『氷刃』のモニカの居場所を探るため、対話どころではないようだ。

当然エルナから話しかけることもなく、リリィとジビアから届く報告を整理していると、あっという間に夕方となった。

クラウスは疲れた顔で帰ってきた。

「今戻った」

やや元気がないところを見ると、まだモニカの手がかりは摑めていないようだ。

彼は寝室にエルナを招き、囁くような声で尋ねてくる。

「エルナ、アメリの様子はどうだ？　大人しくしているか？」

「大人しくはしているけれど……」

ガバッと両手をあげ、強く訴える。

「とっても気まずいの～っ‼」

「だろうな」

分かり切っていたようにクラウスは頷いた。

疲れている彼に告げるのは申し訳ないが、誤魔化せそうにない。

「コミュニケーション苦手人のエルナには、とてもじゃないけど耐えられない沈黙なの。息が詰まって窒息しかけていたの……」

「よしよし、よく頑張っているな」

甘えるようにクラウスに近づくと、彼は頭を撫でてくれた。しばらく彼の細い指の感触を堪能しながら、気を安らげていく。

「どう考えても、見張りはエルナ向きではないの」

「……すまないな。任務後にはご褒美も付けるさ」

「この前食べたチーズケーキを所望するの！」

「分かった分かった」

「エルナだけのご褒美なの！」

一通り甘え終えると、大きく息を吐いてベッドに倒れる。

クラウスがそばにいる時が、唯一気が抜ける時間だ。なにせ、アメリが心変わりをしてエルナを襲って、脱走を図らないとも限らない。

十秒間だけ目を閉じ、ハッと我に返り起きあがる。

「ご、ごめんなさい。こんな非常事態に子どもみたいな真似……」

「いや、構わない。僕も少し心が落ち着いた。過酷な状況が続くな」

ネクタイを緩め、クラウスはエルナに静かな視線を送ってくる。

ぼーっと彼の目を見つめ返していると、彼は「……なるほど」と小さく口にした。

「お前が意識しているのは『鳳』の件か」

「さ、さすがなの……！」

「お前のことなら予想がつくさ」

いつもの直観で察してくれたらしい。

全てを見通せる訳ではないが、仲間の心情を見抜くことは長けている。それゆえにモニカの離反はショックを受けているようだが。

クラウスは寝室の壁越しに、リビングの方へ視線を投げた。

そこでは、今もアメリが仕事に励んでいるだろう。

「しょ、正直たまに混乱してしまうの」

口にするのさえ憚られる言葉を、恐る恐る漏らす。

「スパイが他国のスパイを殺すのは珍しい話じゃないの……だから、アメリさんが『鳳』を襲ったのは、罪に問えるかって考える時が……」

「お前の疑問はもっともだが――」

彼は声のトーンを落とした。

「――やはり『ベリアス』は行き過ぎているよ。どう考えてもな」

「の……」

「もちろん、スパイという世界で殺人は禁忌ではない。だが、それでも建前は必要だ。理由なき殺人は、人間が生きる社会では認められない」

スパイとしての倫理観。

繊細な問題ではあるが、全くない訳ではないらしい。『灯』のメンバーだって、安易に人を殺すことはない。確認はしていないが、殺人経験者は少ないはずだ。

「もちろん、どんな『理由』なら、殺人が認められるかはかなり微妙な問題だ。理由さえでっち上げれば殺してもよい、というものでもないからな」

「……せんせいは」

喉の奥が熱くなる。

「……どんな理由なら敵を殺すの？」

「殺すくらいなら生きて捕まえ、情報を搾り取る」

そう言った後「いや、これは誤魔化しだな」と首を横に振った。

「だが、拘束する余裕がない場合、仲間や自国民の命を脅かす者、国家機密を盗み出した者——いずれかの条件に該当すれば、命を奪うだろうな。感覚的には大抵のスパイも似たような倫理観だ」

丁寧に語った後「ただガルガド帝国の連中は平気で民間人を巻き込み、殺人を犯すがな」と苛立たし気に述べる。

「ＣＩＭのスパイも同様の倫理観だったはずだ」

「じゃあ、『鳳』が殺されたのは——」

「アイツらは、殺される条件には該当しなかった」

声には棘が感じられる。

「いくら防諜部隊と言えど、外国人記者をスパイといって殺すか？　写真を撮った観光客を諜報活動だと処罰するか？　ＣＩＭは最低限、まず警告か尋問を行うべきだった」

その通りだ、とエルナは同意する。

『鳳』が行っていたのは、かつての『焔』メンバー『炮烙』のゲルデが生前に何を追っていたのかの捜査だ。フェンド連邦の国民に危害を加える意図はない。

だが、実際には「ダリン皇太子暗殺未遂」という冤罪を着せられ、殺されている。

「確かに『鳳』はスパイの技能を有していた。だが、それだけで殺すというのは、あまりにふざけている」

クラウスは頷いた。

「許す必要はない。利用してやっているに過ぎないんだ」

やはり彼もまた『ベリアス』を許している訳ではないらしい。ただスパイとしての利用価値をアメリに見出しているだけか。

彼は寝室の戸棚から紙を取り出すと、何かを書き始めた。

「そうだな。確かにアメリと二人きりで過ごしていれば、複雑な感情に駆られることもあるだろう」

「の？」

「だから、もし重要な決断を迫られる局面があったら――」

クラウスは紙を小さく折っていき、簡単には開かないよう強い力で畳んだ。

「――これを開封しろ」

エルナは息を呑み、受け取ったものをポケットの中に深く押し込んだ。

クラウスとの対話は「目の前の人物を恨んでよい」という社会正義的なレッテルを強めてくれた。自らが正義の側に立っている感覚は、麻薬のような快楽を与えてくれる。いくらか心が楽になる。

ストレスがかかる今の局面では、それが鎮静剤のようでありがたい。

だがもちろん、そのレッテルを心の底から歓迎できるようなメンタリティをエルナは有していない。自分こそが正義と無垢に信じ込める程、自己肯定感は高くない。

結局、アメリとの気まずい時間は変わらなかった。

「紅茶を淹れますが、アナタも要りますか？」

「………………いいの。自分の分は自分で淹れるの」

数日経つと、またクラウスだけが外出し、二人取り残される時間が訪れた。

夕方になってもクラウスは戻ってこない。

「二人分淹れるのも、二人分淹れるのも、そう変わりませんわ」

アメリはこの暮らしに慣れ始めたようで、勝手にガスコンロと茶葉を借りるようになっていた。ティーポットに二人分の茶葉をスプーンで入れている。

エルナは仲間に資金を届けるための工作作業の手を止め、その様子を監視する。

「そういえば、エルナさん。『灯』にいた赤髪の少女——『グレーテ』と仲間から呼ばれていましたか？　あの方の紅茶は美味でしたわ。普段は彼女が淹れているのかしら？」

「…………」

その通りだ、とは答えない。

確かに紅茶はグレーテがよく淹れてくれ、一番美味しく作ることができる。毎晩クラウスの部屋に差し入れするのは、彼女の趣味みたいなものだ。少しでも香り高く抽出できるよう、日夜研鑽に努めている。

が、それを明かそうとは思えなかった。大した情報ではないが、口が開かない。

アメリが息をついた。

「ワタクシのことを恨んでいるようですわね」

「……当然なの」

「たとえ胸の内に何を抱えていようが――」

アメリは紅茶が注がれたティーカップを差し出してきた。

「――それを表に出さずにコミュニケーションを遂行するのがスパイですわよ？」

上から諭す口調にムッとする。

それが正論であることも、スパイとしての実力は彼女の方が上なのも理解できる。

しかし、彼女から言われたくない自分がいた。

どうしてもアメリとは相いれない。

「晩ごはんを作るの」

目を逸らし、立ち上がる。

差し出されたティーカップの横を素通りし、アメリと入れ替わるように台所へ向かった。

野菜を切る。

二玉の玉ねぎを繊維に沿って、一ミリ幅に切る。ニンニク一欠けとパセリを微塵切り。

包丁がまな板とぶつかる音が部屋を満たしていく。とんとんとん、と一定のリズムで。

続けてトマト、人参、キャベツ、ジャガイモ、ベーコンも一口大に切る。

（やっぱり空気が重いの）

　フライパンにたっぷりとオリーブオイルを入れ、先に弱火でニンニクとパセリを加熱する。香りが立ってきた頃に焦げないよう一度取り出し、オリーブオイルを追加し、他の具材を投下する。

（せんせい、早く戻ってきてほしいの……）

　ぼんやりと加熱されていく野菜を眺めていると、背後に人の気配がした。

「そういえば――」

「のぉっ⁉」

　アメリだった。

　近づく動きを感じ取れない程、ぼーっとしていた。

　慌てて火を止め「……突然背後に立たないでほしいの」と注文を告げると、アメリは手を振り「驚かせるつもりはありませんでしたわ」と苦笑した。

「ただ、この前の朝のスープはとても美味しかったので、興味を持ったのです。何か秘密のレシピがあるのでしょうか」

「アレは………」

　以前、朝食に振る舞った野菜スープのことだろう。

それを思い出す時、胸に強い痛みがはしる。

「クノーお兄ちゃんに教えてもらったレシピなの」

「『凱風』……」

アメリが息を呑んでいる。素で驚いたようだ。

彼の存在はまさに、この気まずさを生んでいる原因に他ならない。

エルナが恨み言を呟こうとした時、アメリが強い眼差しを向けてきた。

「――ワタクシにも教えてくれませんか？」

「の？」

意表を突かれ、首を傾げる。

アメリの態度は真剣だった。

「それもまた、彼が遺した情報なのでしょう？　図々しいと思われるかもしれませんが、ワタクシもまた彼が生きた証を受け取りたいのです」

「…………」

逡巡する。

確かにこのスープもクノーから受け継いだものだ。が、彼を殺した相手に教えるなど、なんと皮肉か。

だが、スパイは情報を託す職業。

彼の遺した情報が有効活用されるならば別にいいか、と考える。

さすがに機密情報でもない。

「……特別な調味料は使っていないの」

再びコンロに火をつけ、フライパンを加熱する。

「ただ煮込む前に、フライパンでたっぷり火を入れて焦げ目をつけているの。あまりフライパンは動かさずに、じっくり待つのがコツなの」

「なるほど……炭になったりはしないのですか？」

「水分をたっぷり含んでいる野菜は、簡単には炭にならないの。むしろ甘くなるの」

焦げやすいニンニクは事前に取り除いてある。

急がず、しかし目は離さず、時折野菜をひっくり返す程度にかき混ぜる。

「たっぷり焦げ目がついたら、オイルごと鍋に移して水を入れるの」

具材は全て深底鍋へ。一度具材を移したらフライパンに水を入れ、底にこびりついた焦げまで余さず鍋へ移す。先ほど、事前に出していたニンニクとパセリも鍋へ。

その料理手順を手帳にメモしながら、アメリが口を挟む。

「水……？　だとしたら、先に鍋でお湯を作っておいた方が効率的だったのでは？」

「水からじっくり温度をあげた方が野菜の味が出る気がするの。これは感覚的なものだけれど」

ふむふむ、とアメリがペンをはしらせ、メモしていく。

かなり時間がかかるので、他の料理を作りながらの方が良い。

パンをトースターに入れ、焼いておく。メインは要らない。具材たっぷりに作ったスープがあれば、十分だ。

次第に鍋がふつふつとしてくる。

「アクは取らなくていいの。野菜のアクは旨味なの」

肉はベーコンしか用いていない。このまま煮込み続けるだけ。

ギリギリ沸騰しない程度の温度加減で煮込み、後は塩で味付けする。野菜からしっかり旨味を抽出すれば、他の調味料は使わなくていい。加熱したトマトがいい塩梅にスープに溶けて調和を与えてくれる。

特製野菜スープ——これで完成。

と、ここまで辿り着いた時、ふと誰に語っているのかを思い出し、顔が熱くなった。

——他国のスパイ相手に何をひけらかしているのか。

目の前にいるのは、自らの同胞を殺した相手で——。

「のぉっ⁉」

「危ないですわっ‼」

動かした腕が鍋のふちに当たり、深底鍋が大きく傾いていった。熱々のスープがエルナにかかろうとした瞬間、アメリが鍋を押さえる。

「そそっかしい。心臓が縮みましたわ」

「のぉ……」

エルナはぼんやりとアメリを見つめる。

「お怪我(けが)はないかしら？」

「……………………………………」

こちらを労(いたわ)るように微笑するアメリ。

その表情を見上げながら「……大丈夫なの」と頷(うなず)いた。

◇◇◇

結局夜になってもクラウスは戻ってこなかった。

用意していた夕食は、アメリと二人きりで食べる。

「クノーさんは料理もお上手でしたのね」

スープを掬(すく)いながら、アメリが口にする。

何か探ろうとしているのか、と警戒する目で見つめ返すと、苦笑された。

「別に情報を引き出したい訳ではありませんわ。ただの興味です。覚えておきたいのですよ、彼のことも」

「……これまで殺してきた人もそうやって覚えているの？」

「ええ、忘れたことはありませんわ」

湿気を孕(はら)んだ声だった。

この鉄の精神が宿っていそうな女性にも罪悪感というものがあるらしい。

「今はお互い精神的に疲労が続く状態です」

穏やかな表情でスプーンを口に運んでいる。

「食事の時くらいは気を抜きませんか？　さすがに疲れてしまいますわ」

「………」

エルナはスプーンを握ったまま、ぐっと唇を噛(か)み締める。

自身がずっと居心地の悪さを感じているように、アメリもまた緊張を感じているらしい。

これまで考えもしなかった事実に、少し申し訳なくなる。

「アナタは『篝火』――いえ、ここはクラウスと言いましょうか。彼がいないと不安になるようですが」

アメリは微かに頬を染め、口元を緩める。

「逆にワタクシは、クラウスがいない時の方が、リラックスできるのです。いつ彼の気が変わり、ワタクシを殺すとも限りませんので」

恥ずかしそうに首を曲げるアメリ。

エルナはスプーンを口に運ぶ。

トマトと玉ねぎの甘味がまず口に広がり、次に他の野菜の複雑な味わいが訪れる。飲み込んでも、ニンニクの強い香りが残り続けている。ほとんど野菜だけで作られたスープは嚥下すると、喉と食道がじんわりと温まり、身体の内側が熱で満たされる。

殺された男のレシピで作り上げたスープを、その男を殺した女と一緒に呑み込んでも、その味わいだけは常に優しい。

「……アナタが休む時に休んでくれないと、せんせいに迷惑をかけるの」

エルナが言った。

「少しだけなら警戒を解いてやるの」

アメリはずっと傍らに置いていた手帳に手を乗せた。

「このレシピは、アナタが心を開いてくれた記念の品ですわね」

「心を開いた訳じゃないの」

それだけは認められず、素早く首を横に振った。

その日からアメリの態度は明確に変わった。やけにぐいぐいとエルナに絡んでくるようになったのだ。

──またクラウスがいないタイミング。

「な、なんなの、これは……」

「ふむ、やはり似合いますね。わたくしのお古を少々改造したものですが」

エルナが着せられたのは、ロリータファッションだった。

しかも、水色や桃色などのファンシーなデザインとなっている。普段エルナが着ているスパイとしての服もややフリルは多いのだが、リボンの数が比ではない。背中やスカート、いたるところに特大のパステルカラーのリボンがある。

アメリの趣味だという。

「ふふっ、実はずっと着せたいと思っておりましたわ。本来ならば我々の拠点の方に大量に人形用のドレスがありましたのに……く、焼けてしまったのが無念です」

そういえば『ベリアス』は、副官がシルクハットや修道服といった装いのトンチキな集団だったと思い出す。アレはボスであるアメリの意向なのか。

「エ、エルナはここまで許していないの‼」

「まぁ、それはともかく」

「話を聞いていないのっ⁉」

アメリは次に、エルナに着せる服を選んでいた。クラウスとの外出から戻ってきた時、大きなカバンを持ってきていたので、着替えを持ってきたと思ったら、まさかエルナに着せる用とは。

「……どう考えても、こんなお遊びをしていい状況ではないの」

つい呆れ声が漏れ出ていた。

『灯』にとっても『ベリアス』にとっても、かなり緊迫した局面の最中である。

「ここ一か月は任務が続き、心が休まる暇はなかったものですから」

アメリは気にする様子もなく、服のサイズ調整を始めている。

「根を詰めすぎて少々パフォーマンスが落ちてしまっているようです。ご安心を。一時間ほど趣味に励めば、完璧にリフレッシュができるよう訓練してありますわ」

「……ん。それは凄い気がするの」

「ええ。クラウスは、あまり得意ではないようですが」

それはそうかもしれない、と感じられた。

エルナが知るクラウスは、己の身をすり減らしながら任務に奔走する。かつて一人で疲労を溜め過ぎたせいで、仇敵である『白蜘蛛』を取り逃がしたこともあった。

今回もモニカの裏切りが発覚した直後から、彼は動き続けている。

「……アナタには『求道人形』という名前を与えましょうか」

「勝手にコードネームが付けられているの⁉」

――また別のある日。

クラウスとエルナは、この日も険しい表情で任務を進めている。

「アメリ、この人物と接触したい。会えるよう手配しろ。調べる時間が惜しい」

「……ワタクシはアナタの部下ではありませんわ」

「口答えはするな。行くぞ」

二人の眼光は鋭く、立ち居振る舞いも堂々としている。スパイとして最高峰の実力を持つ彼らが任務に向かう姿は思わず背中に汗が伝う程の気迫がある。そして一歩外に出た瞬間まるでスイッチが切られたようにオーラが消え、一般人の如く街に溶け込んでいくのだ。

（や、やっぱり凄い人たちなの……）

エルナが息を呑んで見送った二時間後。

アメリは満面の笑みを浮かべ、両手いっぱいの紙袋を振って戻ってきた。

「エルナさん、お茶菓子のスコーンを買ってきましたわ！」

「切り替えが凄すぎるのっ⁉」

緩む時はとことん緩む人間らしかった。

この期間、クラウスはあまりエルナに構う余裕はなかった。

いくら彼と言えど、割けるリソースは限られている。

モニカの裏切りという『灯』史上最悪の事態に、彼は頭をフル稼働させていた。繰り返される混乱の中、人口数百万人の街でたった一人の少女を見つけるなど、砂漠で米粒を見つけるに等しい行為。

しかし彼が諦めることはない。着実に手がかりを集め続けていた。

脳裏には嫌でも、裏切りにより壊滅した『焔』の件がある。その二の舞だけは避けねばならなかった。身体や精神を擦り減らしても構わない。

それこそが今回の黒幕――『白蜘蛛』の計略だった。

クラウスにもう幾ばくかの余裕があれば――例えば、グレーテが誘拐されていなければ――例えば、エルナやアメリの関係に踏み込めていれば――今回の結末は変わっていた。

だが現実、それは動き出している。彼の目が届かないところで確実に。

エルナとアメリは少しずつ心の距離を近づけさせていた。

◇◇◇

「んんっ！」

お風呂場の方でアメリの声が聞こえてきた。

の、と脱衣所で待機していたエルナは立ち上がる。

異変があれば、迅速な対応を迫られる。

アメリにしては、あられもない声だった。なんらかの事故か。排水管を用いてアメリが暗号でも流しているのか。あるいは、そう思わせてエルナを誘き寄せる罠なのか。

とにかく確認するしかなかった。

「何かあった――のおおおおっ⁉」

踏み込んだ瞬間、足元にあった石鹸を踏み、思いっきり転んでしまう。

頭が壁にぶつかりそうになった瞬間、アメリに腕を掴まれ支えられた。が、さすがに勢いまでは止まらず、尻もちをついてしまう。

「……虫がいただけですわ。本当にそそかっしい」

アメリは一糸纏わない姿で息をついていた。特に恥ずかしがることなく、鍛え上げられた肢体を晒している。上腕二頭筋が浮き上がり、腹直筋をはっきりと見ることができた。

浴室を見渡しても異変はない。

壁の端に迷いこんだ蛾が、すまなそうに居座っていた。

「とにかくアナタの服が濡れてしまいましたわね」

「の……」

濡れた床から水が服に沁み込んでいた。手を突いた袖口や尻など、しっかり濡れてしまっている。下着までお湯の生温かさが伝わってくる。

着替えねばならない、と脱衣所の方へ向かおうとした時、再び腕を摑まれた。

「――一緒にお風呂ですわね」

気づけば、アメリと湯舟に浸かっていた。

（どういうことなのおおおおおおおおおおおおおぉっ⁉）

現状を認識したエルナは内心で絶叫する。

突如風呂に誘ってきたアメリにあわあわと困惑しているうちに、服を脱がされ、シャワーで汗を流され、髪をゴムで結ばれ、そのまま浴槽に沈められた。

正面にはアメリもいる。

そこまで大きな浴槽という訳ではない。当然身体が密着している。己の太腿あたりにあたるアメリの脚の感触に、びくびくと震えてしまう。

緊張に固まるエルナとは対照的に、アメリは「生き返りますわぁ」と心地よさそうな声をあげていた。

出ようと立ち上がった瞬間、肩をがしっと摑まれ、湯舟に引き戻される。

もう抵抗する気も起きない。罠にかかったカモシカの心地で堪えるしかなかった。

「そう緊張しなくてもいいですわ」

アメリが和やかな声で告げてくる。

「……ふと思うのです。もしワタクシがスパイを志さなかったら、アナタのような娘がいる未来もあったのではないか、と」

「の……？」

アメリは湯垢のついた壁を見つめて、口を開けていた。

じっと見つめていると、彼女の肩口に残る傷跡に気が付く。

「かつて恋人がいました。もしあのまま彼の手を取っていれば、そうですね、心理学の研究職でもしながら結婚していたかもしれません。お父さまやお姉さまに祝福されながら、大学の近くのアパートで穏やかな生活を送っていたでしょうね」

「…………」

「一年に一回は、鉄道で旅行がしたいです。機関車の写真を撮るのが好きですの。それ以外の休日は人形作りでもして、年末にはマーケットにお店を出しますの」

「…………」

突然に漏らしてきた語りに納得できず、唇を噛む。

「なら、どうしてスパイになったの？」

「欲張ったからですわ」

アメリが即答する。

「研究職よりも、結婚よりも、より直接的に、この国に尽くしたい。世界大戦の惨禍を目の当たりにし、そう考えたのです」

やはりそこに繋がるのか、と唇を噛み締める。

――あらゆる国に大きな痛みをもたらした人類史上最大の戦争。

フェンド連邦は戦勝国と言えど、多大な被害を受けている。支配下に置いた国々を含めれば、死傷者は百万を超えるとされている。

「……エルナに明かしてよかったの？」

「もちろん。ただの作り話ですわ」

アメリは小さく笑った。

「全部嘘です。語っていいに決まっています。ワタクシの個人情報は、トップシークレット。信じないでくださいまし」

首を横に振るアメリ。水面が動きに合わせて揺れる。

なぜだか追及してはいけない気がした。そして、その真意を確かめるよりも、強く湧き起こる感情があった。

ぐっと膝を抱く腕に力を籠める。

「……だったら、ならないでほしかったの」

「エルナさん？」

思わず漏れ出ていた声に、アメリが訝し気に瞬きをする。

感情の変化に気づかれてしまえば、もう止めることはできない。浴室に響くほどの声を張り上げる。

「だったらっ‼　スパイになんかならないでほしかったの——‼」

アメリが息を呑んだ。

溢れてくる涙をお湯で洗い流す。しかし、いくら拭いても涙は止まらない。

目元を擦ることをやめ、相手の顔を睨みつける。

「殺してほしくなかったの……」

「クノーお兄ちゃんやみんなを襲わないでほしかったの……スパイなんか最初からならず、普通に暮らしていてほしかったの……！」

一度告げ、ようやく腑に落ちる。

——自分はもっと早く、この怒りをぶつけるべきだった。

感情を叩きつけるように、目の前の人物を批難する。同胞を殺された憎しみのままに、彼女の罪を糾弾する。

どうせ、内に秘めることなどできやしない。

「ふざけるな、なのっ——‼」

アメリの頰を強く張った。

彼女は避けなかった。当たる瞬間まで微動だにしなかった。

お湯に濡れていた手で放たれたビンタは衝撃以上の強い音が鳴った。

「言い訳はしませんわ」

哀し気に口にした。

「ワタクシは彼らを殺すべきではなかった。心の底から謝罪を申し上げます」

「……っ」

「……スパイとなって気づけば、心を手放していた。上からの命令だ、と自らに言い聞かせ、絶対正義を誇り、ワタクシ自身がただの操り人形と化していた」

彼女は張られた頰に触れることさえせず、エルナを見つめ返している。

自嘲するように白い歯が覗く。

「そんなワタクシを退けたのが、激情を剝き出しにする『灯』の少女たちというのは随分と皮肉な話ですわね。これもワタクシが間違っていた証左なのでしょう」

「………」

「同胞のために泣けるアナタたちが、眩しくて仕方がない」

エルナはゆっくりと湯舟に身体を入れ直した。

開き直るでもなく、怒り返してくるでもなく、淡々と謝られ、心情を明かされた。

そこまで冷静に対応されれば、こちらまで落ち着いてしまう。

息を吐き「突然ぶって、悪かったの」と告げ、水中で手をこすり合わせる。

一度怒号をぶつけて生まれたのは、哀しいまでの虚脱感。エルナに言われるまでもなく、アメリは既に痛烈なまでに罪を自覚している。それを確認できただけでもマシなのかもしれないが。

——目の前の女性は、悪人ではない。

心はそう認めてしまっている。

ぼんやりと事実を把握し、クラウスの言葉を思い出す。許すことはできない。しかし、これ以上何か中傷をすることもできない。

しばらくお互い沈黙する時間が続いた。

やがてアメリが口にする。

「エルナさん。一つだけワガママを聞いてくださいませんか？」

「——クノーさんへの償いをしたいのです」

アメリは浴場から出て、服を纏いながら手短に説明してくれた。

実は『凱風』のクノーの遺体には、不審な点があったという。

「ええ、アナタたちには明かしておりませんでしたが――」

声を潜めて話してくれる。

「――彼の遺体には、親指から大量の出血が見られたのです。本来なかった傷です」

「血文字……」

「ええ。もしかすれば、彼もまた現場に何かしらの暗号を残していたのかもしれません。アナタたちならば見つけられるかも」

クノーは襲撃された際『ベリアス』たちをやり過ごした後、指を噛み切り、どこかに血で文字を残したのかもしれない。

十分に有り得そうだ。

ヴィンドが死に際、メッセージを託したように彼もまた――。

「祖国が不利になる情報かもしれないので、明かしておりませんでしたが……」

彼女は唇を結んだ後、口にする。

「アナタたちには伝えるべきですわね。スパイではなく、人として。ワタクシができる唯一の弔いです」

だとしたら、すぐに現場を確認しなければならない。どこに記したかは不明だが、血文字など何らかの拍子で消えてもおかしくない。

エルナは手早く服を着て、金庫から武器を取り出した。

今すぐ向かいたい。だが、その前に一つ確認したいことがあった。

「まずは、せんせいに連絡したいの」

「やめておいた方がよいでしょう」

アメリが冷静な声で語り掛けてくる。

「お気づきでしょうが、彼は今かなり憔悴(しょうすい)しております。モニカを追うことに必死です。本当に暗号を残しているのかも分からない段階で、振り回すことは適切ではありません」

「の……」

「ワタクシと違って、全く休むことをしませんのよ。あの男」

なるほど、と頷(うなず)く。

緊急事態ともいうべき状況下でありながらも、アメリは合間合間で休息を取っていた。

一流のスパイでさえ、そうなのだ。

　常に奔走するクラウスの心労は、少なくないはずだ。

「すぐに外出し、彼が帰宅する前に戻ってくる。有力な情報なら伝え、そうでなければ何も明かさない。それが一番ですわ」

　アメリはエルナの背に触れる。

「エルナさんだって、このまま家に籠り続け、役に立てない状態は不服でしょう？」

　心を見透かされたようだ。

　外で情報をかき集めているリリィ、ジビア、ティアと違って、自身はアメリを見張るため、屋内に留(とど)まっていることが多い。仕事があったとしても、取り次ぎなどの雑務ばかりで、行き場のないエネルギーを溜(た)めこみ続けていた。

　すぐに飛び出したくなった。

　クノーならば、何か貴重な情報を残しているかもしれない。クラウスでさえ打破できない窮状を、変えてくれる可能性がある。

　ぐっと拳を握りしめる。

「モニカお姉ちゃんを救うヒントがあるかもしれないの」

「その心意気ですわ、小娘(リトルレディ)」

　アメリに背中を叩かれ、エルナはまっすぐ玄関へ向かった。

敵対していたＣＩＭのスパイと二人きりで行動するなど、不思議な心地だ。だが、悪いようには感じられない。これもまたクノーが繋いでくれた縁か。

つい歩幅が大きくなり、スカートが大きく揺れる。

かさ、と紙が揺れる音がした。

服のポケットにしまいこんだ、クラウスからの手紙だった。

（ん、今こそ、せんせいからの手紙を開ける時なの）

思えばクラウスはこのケースさえも想定していたのかもしれない。『重要な決断を迫られる局面があったら』と彼は言った。まさしく今ではないか。

玄関にかけられたロックを解除する寸前、彼の手紙を開いた。

【アメリは御前を籠絡し、脱走を試みる】

すっと全身から血の気が引く。

スイッチが切られたかのように停止するエルナに、アメリは背中に触れながら温かみのある声音で語り掛けてくる。

「さぁ行きますわよ、エルナさん」

彼女の指が滑らかに背中を撫でる。

早くロックを解除しろ、と静かに催促するように。

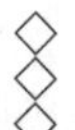

エルナは背中に触れるアメリの腕を振り払い、反転する。

「…………嘘なの」

冷や水を浴びせられたような、目が覚める感覚。

高鳴る心臓の鼓動はうるさいくらいだ。今の今まで自身の心を柔らかく包み込んでいたものが、途端に凍り付いたように冷たくて仕方がない。

アメリは微笑みを崩さない。

「どうされました？　何がでしょう？」

「クノーお兄ちゃんが暗号を残したなんて、真っ赤な嘘なの」

「突然に何を………」

彼女の声は途中で止まった。

視線は、エルナが握っている手紙に向けられる。

「あぁ」微かな舌打ち。「…………さすがですわね、予想されていましたか」

きゅっと喉が締め付けられるような感覚に襲われる。

――やはり彼女は自分を騙す気だったのだ。

自身と仲良くなってみせたのは、己の手駒にするため。リラックスする自分を見せてクラウスとの違いを示したのは、彼の心労を強調し、彼との連絡を遮断するため。

全部、この一瞬に懸けていたのだ。

アメリは不服そうに踵を返す。フリルのついたスカートが大きく浮いた。

「なるほど。手紙という形で、時間差で忠告を送った訳ですか。事前に伝えていたら、ワタクシは察知し、対策を立てられたのですが、やってくれますわね……」

クラウスの先見を悔しがるように、表情を歪ませている。

そこには先ほど、エルナに見せていた慈愛のある笑みはない。

「全部、演技だったの？」

訴えかけるように発する。

「クノーお兄ちゃんのレシピを覚えたのも、殺したことを謝ったのも、全部この部屋から脱出するための演技なの……？」

　自分でもどんな答えを望んでいたのか分からない。

　しかし、もし全部が嘘だとしたら、おそらく自分は彼女を——。

「いいえ、本心ですわ。ワタクシは本気で彼に弔いたいと願っております」

　彼女はこちらを見て、ハッキリと答えた。それは演技ではない、と。

　だが、一層気迫のこもった声音で次の言葉をぶつけられる。

「——ただそれ以上に、ワタクシは、この国を守るスパイなのですよ」

　揺るぎない信念が瞳には宿っていた。

　その強さが虚しい。

　どれだけ善良だとしても——どれだけ愛国心を持っていたとしても——目の前にいる人物は、エルナの敵でしかない。

　スパイ同士に協力はあれど、協調はない。

　前提は分かっていたはずなのに、どうしても泣きたくなってしまう。

「お願いしますわ、エルナさん。そこを開けてください。ワタクシは己の使命を果たさねばならないのです」

「……止めた方が良いの。ＣＩＭの上層部には裏切り者がいるの」

「ええ、そのようですわね」

「また傀儡になって追い詰められるだけなの……！」

「それは脱出してから考えますわ」

分かり合えない。

言葉が詰まってしまうと、アメリはリビングに置かれたラジオを手に取った。それはラジオに模した無線機。リリィやジビアの報告が録音されている。

ボタンを押すと、彼女たちの力強い声が聞こえてきた。

アメリが自嘲するように笑った。

「ワタクシは、新たな道を見つけたいのです」

「……？」

「上層部の言いなりになるだけじゃない、新たなスパイとしての生き方を見つけたい。操り人形でもない。それは『燎火』の言いなりである現状では、成しえないのです」

精悍な顔つきで言葉が放たれる。

「ワタクシは、ワタクシの意思で歩みたい――アナタたち『灯』のように」

「…………………」

「だから、どうか、ワタクシを解放してください」

それも演技なのか。本心なのか。

分からない。一流のスパイの演技を見抜く技術はない。

だが本能は——身体の奥にある直観は、彼女を解放したい、と叫んでいた。アメリならば叶えられる。互いの国にとってより良い未来を実現できる。

だが、もし違っていたら——。

悩みに悩み尽くし、エルナは己の決断を下す。


「無理なの」

先ほど金庫から取り出した拳銃を構え、アメリに銃口を向ける。

「とっとと戻れなの、偽善者っ！」あらん限りの声で叫んだ。「この部屋からは一歩も出さない。アナタの負けなの！」

これまでの一時を消し飛ばす気持ちで言葉をぶつける。

アメリは一度苦し気に唇を噛んだが、それ以上感情を出すことなく背中を向けた。

この日以降、エルナとアメリが二人きりで言葉を交わしたことはない。

夜クラウスは、エルナから報告を受けた。

全てを語り終えると、エルナはどっと疲れたように寝室へ向かっていった。頭からベッドに倒れ込んだと思ったら、すぐに動かなくなる。

全身のエネルギーが尽きたような眠り方だ。

このままでは窒息しそうなので、クラウスは彼女を仰向けにし、毛布をかけてやる。

ダイニングテーブルでは、アメリがナッツをつまんで、ウイスキーをオンザロックで流し込んでいた。彼女が飲酒するのは、この生活で初めてのことだ。

「随分と無様な醜態を晒したそうじゃないか」

「アナタ、ワタクシを嘲る時だけ妙に生き生きしません？」

じろりと冷たい眼光で睨まれるが、無視して、自分も戸棚からグラスと氷を持ち出した。

さすがに自分も気を緩めねば、と思ったのだ。

アメリの正面に座ると、彼女はグラスにウイスキーを注いでくれた。

「ワタクシを殺しますか？」

「まさか、お前には利用価値がある」

互いのグラスをぶつけ合わせた。

「無論。お前がエルナに危害を加えていたなら、話は別だったがな」

「さすがにリスキー過ぎますわよ」

クラウスは頷いた。脅しではない。エルナに危害が及んでいたならば、躊躇なくアメリを拳銃で撃っていた。

アメリはウイスキーを口に入れる。

「確かに無様ではありますわ」

熱そうな息を吐いた。

「あんな小娘一人、まともにコントロールできないとは。『操り師』の名折れですわね」

落ち込んでいるらしい。

ウイスキーのボトルの中身はかなり減っている。

自分が戻るまでにかなりの酒を飲んでいたようだ。

別に放っておいてもいい気がしたが、彼女がメンタルを崩したことで今後の任務に支障が出ても困る。

真実を明かしてやることにした。

「いいや、お前はエルナを籠絡（ろうらく）できていた」

ん、とアメリが顔をあげた。

「お前は、彼女の試験に合格していた」

「試験？」

「聞いたよ。彼女が鍋を倒しかけてスープがかかろうとした時、そして浴室で転んだ時、どちらもお前が助けてやったんだろう？」

「……え、ええ。エルナさんがあまりにそそっかしいものですから――」

「あれはわざとだ」

「は？」

「そういう子なんだ。試し行動みたいなものだ。事故を自演するのが得意で、無意識に不幸を引き寄せ、周囲の反応を確認している」

もちろん無意識にやっている部分も多いので判断はしにくいのだが。

アメリが果たして善人か、悪人か――そう見極めたい時、彼女は自作自演をしていたようだ。

「お前はエルナに想われていたはずだ。十分籠絡には成功していたさ」

「だ、だったら――」

納得いかない様子で彼女は声を荒らげる。

「なぜ、ワタクシは出られなかったのですか？　なぜ彼女は銃で脅し、ワタクシを閉じ込めて――」

「僕はエルナにもう一つ呪いをかけていた」

「呪い？」

「僕がスパイを殺す条件を教えていた」

仲間や自国民に危害が及びそうになった時、国家機密を守らねばならない時。

それらを数日前に聞かされたばかりの彼女が考えないはずがない。アメリを脱走させることで、もし仲間に危険が及ぶとクラウスが判断した時は――。

「エルナは、お前に死んでほしくなかったんだよ」

だからアメリを閉じ込めなければならなかった。

クラウスが本気でアメリを殺そうとした時、彼女が逃げられるはずもないのだから。

必死に叫び、拳銃を向け、交渉の余地もなく部屋に戻るよう命じただろう。

「……そういうことなのですね」

震えた声が発せられる。

空いた彼女のグラスにウイスキーを注いでやった。

「お前の勝ちだよ、アメリ。お前は完璧にエルナを欺けていた」

言ってみれば彼女の失態は、想定以上にエルナに慕われてしまったことだ。

脱走はほとんど成功しかけていた。

「まぁ、全てを予見していた僕には再び惨敗している訳だが」

「……アナタ、普通に性格が悪いですわね」

アメリは表情を隠すように、グラスを一気に傾けた。

『灯』と『操り師』のアメリの関係を一言で言い表すのは、難しい。

ただ少女たちの中で、もっとも深く関係を結んだのは間違いなくエルナであり、他の少女には知らない側面をいくつも知ることとなった。

それはある意味――彼女らしい役割。
結果だけ見れば、誰よりも不幸で、損な役回りだった。

フェンド連邦の任務が終わり、『灯』の少女たちはしばらく入院する羽目になった。CIMが管轄する病院で、割り当てられた病室で快復を待つ。

病室の窓からは、ダリン皇太子殿下の葬列を眺めることができた。

多くの国賓が悼むように、運ばれる棺の後に続いている。数えきれないほどの警備に囲まれた葬列は、死んでいった者の偉大さを示していた。テレビや新聞はこの葬儀を全世界に報道するだろう。

エルナは知っている。

決して誰にも知られないまま死んでいった、女性スパイの存在を。

腹の傷が痛む。ドックロードの攻防でCIMに撃たれたエルナを保護し、秘密裏にこの病院へ移送してくれたのはアメリだという。

葬列が見えなくなった頃、病室にある女性が入ってきた。

「失礼します、少々よろしいでしょうか？」

修道服を身に纏った女性だった。病院という場にそぐわない装いではあるが、堂々としている。

『蓮華人形』――『ベリアス』の副官だった。

「これを、良かったら……」

彼女はなぜか料理を持ち運んできた。病院食とも違うようだ。

「の……？」

「最終的に『蛇』に寝返ったアメリ様は、ＣＩＭにも弔われることはないでしょう。もちろん『灯』のアナタ方が、アメリ様を憎んでいることも分かっています」

エルナの前のテーブルに深皿をそっと置く。

「でも、どうか、少しでも多くの人に……」

エルナは呆然としながらスプーンで料理を掬い、口に運んだ。

「このレシピは……？」

「アメリ様の遺体のポケットから出てきたんです。大切そうに折り畳まれて」

それも演技なのかは誰にも分からない。

お互いの嘘で塗れた日々の真実など、分かりようもない。

ただ口に含んだ温かなスープの味だけは、紛れもなく本物だった。
その塩味をエルナの魂が忘れることはない。

4章 caseスパイとは縁遠い世界

「ん、香ばしい燻製(くんせい)の香りがするの」

「……この音色はハープでしょうか。コンサートが開催されているみたいですね」

その村は湖の畔(ほとり)に存在した。

人口は数百人程度の漁村だ。円形の大きな湖を囲むように住居が並び、生活も全て湖によって支えられている。豊かな湖からもたらされる漁業と、自然が残るのどかな風景を利用した観光業が主な産業。毎年冬と夏に行われる祭りのタイミングでは、都市から数千人以上の観光客が押し寄せ、村中がキャンプテントで埋め尽くされる程の賑(にぎ)わいを見せる。夏に開催される祭りは、ランタンフェストと呼ばれた。

夏の三日間、日が暮れ始めると村の各地でランタンが灯(とも)される。青色から紫色に移り変わりゆく空の下、現地の漁師たちもこの時ばかりは船を引き上げ、家の前で魚を焼き、あるいは楽器を演奏し、夏の日の幸福を祈りながら、家の外にランタンを灯す。

そんな漁村に『灯』と『鳳(おおとり)』の少女たちは訪れていた。

「家によってランタンの形も違うっすね」

「うむ、毎年自分の家で作って、最終日の夜にランタンを空に飛ばすらしいでござる。明日は絶対見に行きたいな」

日が沈み、温かみのある光が溢れた村を、彼女たちは歩いている。

シフォンケーキの屋台を見つけては歓声をあげ、奏でられるハープや笛の音にウットリし、民族衣装の物珍しさに驚き、ランタンの屋台を見つけては「お土産にどうか」と相談しながら、非日常の中に身を投じている。

命がけの任務を達成してきた直後とは思えない、穏やかな時間の流れ方だった。

（――いや）

しかし、その中で『百鬼』のジビアは首を横に振る。

集団の最後尾に立って、顔を綻ばせる仲間を見つめた。

（全部が一件落着って訳にもいかねぇか）

祭りを満喫しているのは『灯』の少女、そして『鳳』のメンバー『浮雲』のラン。

ジビアの視界には、本来いるべき少女が欠けている。

――そこに『氷刃』のモニカの姿はなかった。

『灯』はフェンド連邦で過酷な任務を成し遂げた。

『氷刃』のモニカの裏切りという不測の事態も、クラウスやエルナの働きによってその経緯が暴かれた。

モニカが『灯』を離反した理由は、『蛇』を欺くためだった。そしてまた、フェンド連邦の皇太子暗殺の大罪を自身が背負い、混乱に終止符を打った。

彼女自身は死ぬ覚悟でCIMと対立したが、ギリギリのところで生存。

『灯』もまた『草原』のサラの活躍により、『蛇』と決着をつけ、任務を達成する。モニカを救い出すことにも成功する。

しかし、全てが解決という訳にはいかない。

モニカは世界的な暗殺者として悪名を背負ったままだった。表向きは既に死んだと報道されているが、しばらくは表立って行動する訳にはいかない。

『灯』の少女たちは帰国の際、慎重を期し、ニュエイク公国という国を経由することになった。世界大戦の戦火から逃れられた国の一つであり、ディン共和国から見ると、遠い北にある地。ちょうど有名な祭りが開催されるとクラウスが紹介し、少女たちも喜んで賛同した。

道中もモニカは仲間と別行動だった。ボスのクラウスに匿(かくま)われ、徹底的に身を潜めた。

『灯』の少女たちは、いまだモニカとの時間を過ごせていなかった。

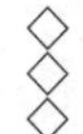

ここにはいない少女に想(おも)いを馳(は)せていた時、ジビアの前に酒樽(さかだる)が転がってきた。

坂の上から勢いよく転がってきたと思ったら、そのままレンガ倉庫の壁に激突する。辺りの観光客は悲鳴をあげた後「危ないなぁ」とぼやきながら、坂の上に不安気な視線を投げ、胸を撫(な)でおろしながら歩いていった。

坂の上には宿が数軒あるはずだ。

ジビアもまた「誰かがうっかり転がしたか？」と首を捻(ひね)ったが、それ以上は考えず、そのままスルーする。先に行ってしまった仲間と、漂ってくる魚串の匂いの方が気になった。

が、酒樽から妙な声が聞こえた気がして、足を止める。

「ん？」

砕け散った酒樽に目を向ける。

積み重なったオーク材からは、灰桃色の髪が覗いていた。

「うううぅうぅぅうぅうぅ」

「アネット⁉」

思わず声をあげる。

転がってきた酒樽の中には『忘我』のアネットがいた。樽ごと倉庫に叩きつけられた衝撃のせいか、苦し気な顔で仰向けになっている。

先ほどまで一緒に行動していたはずなのに、一体これはどういうことか。

ジビアが声をあげたことで、近くにいた少女たちも駆け寄ってくる。『夢語』のティアと『草原』のサラだ。

ティアが砕けた樽をどかし、汚れてしまったアネットの服を叩いた。

「まだ無茶は禁物よ。骨だって完全にくっついてないんだから」

アネットは先の任務で、裏切ったモニカの襲撃を受けたことで重傷を負っていた。折れた肋骨が肺に突き刺さって、しばらく寝たきりだった。フェンド連邦で一か月間治療を受けているが、まだ全快には程遠い。

倒れるアネットの手には、スタンガンが握られていた。

すぐにジビアは思い至った。

「もしかしてモニカを襲いに行っていたのか？」

坂の上にはモニカが滞在する宿があった。

「はいっ、俺様っ、ぶっ殺しに行ったんですが――」

アネットは拗ねたように唇を尖らせる。

「――返り討ちに遭って、この様ですっ！　俺様、不満ですっ！」

頬を膨らませて、腕を振り回すアネット。フェンド連邦の任務以来、彼女は己の殺意を隠さなくなった。

ティアが呆れたように溜め息をついた。

「許してあげることはできないの？」

「無理ですっ！　モニカの姉貴は、俺様を『チビ』呼ばわりしましたっ」

「うん、まぁ……」

「そして俺様のオモチャを傷つけ、俺様の肋骨を折ってきましたっ！」

頬を膨らませて主張するアネット。

ティアが困ったようにジビアに視線を投げるが、ジビアも黙って首を横に振った。

怒りの理由自体は間違っていないので、中々に説得も難しい。さすがに殺人は認められないが、モニカがアネットを深く傷つけたのは事実だ。

ちなみに、アネットの言う『オモチャ』とはエルナのことらしい。

ジビアは、隣に立っているサラに耳打ちをする。

「サラ、お前なら止められるんじゃねぇの？」

「あ、いえ、それなんすけど」

彼女はすまなそうに目を伏せる。

「……モニカ先輩から『アネットは止めなくていい』って言われていて」

既にサラは何度かモニカと面会しているらしい。

彼女の瞳には、憂いの感情が宿っていた。

「………『アネットの怒りは正当なものだから』って……」

ジビアは深い息をついていた。

任務自体は達成したのに、いまだ課題は山積みらしかった。

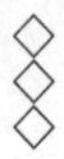

フェンド連邦を発つ日、クラウスはモニカの処遇を少女たちに発表した。

『灯』は任務後、フェンド連邦に一か月近く滞在していたが、その間もモニカの存在は秘密裏に取り扱われた。彼女の生存は、ＣＩＭの最高幹部『呪師』のネイサンしか知らない。彼の手配により首都から遠く離れた森の療養所で治療を受けたという。

『僕とモニカは、帰国までお前たちとは別行動だ』

真っ先に告げられたのは、そんなセリフ。

『帰国ルートは同じだが、船の客室やホテルの部屋などはお前たちと別にする。今やモニカは国際級のテロリストだからな。僕が付き添うに越したことはない』

淡々と事務連絡が続いた。

書類上『氷刃』のモニカは亡くなったことになること。彼女が『灯』に戻ることは間違いないが、別のコードネームを名乗ること。帰国しても数年は街を歩かせられないこと。

やはり彼女は多くの犠牲を払ったのだ、と今一度認識させられる。

『もちろん、お前たちはモニカと話したいことが山ほどあるだろうが――』

彼は厳しい声音で告げてきた。

『――接触は最低限にしておけ』

クラウスからの命令を思い出しながら、ジビアは祭りの夜を歩いた。

アネットはすぐに復活して、村の雑踏へ消えていった。足取りは大丈夫そうに見えたので、少女たちも安心して観光に戻っていた。

ジビアはティアたちとは分かれ、一人ランタンで彩られる小道を進む。途中天然氷で冷やされたレモネードの瓶を見つけると、二本購入した。

(あのボスの口ぶり……モニカと『最低限は接触しろ』ってことだよな……?)

明言はされなかったが、さすがに察しがつく。

事実、ジビアたちはモニカがいる宿を知らされている。アネットやサラも訪れているらしい。会うことは可能なのだ。

だがジビアはまだ、モニカに会っていない。足が遠のいている。

その最も大きな理由は——。

(ただなぁ、ウチのムードメーカーが、機能停止状態なんだよなぁ)

頭の後ろを掻いていると、探していた人物が見つかった。

『花園』のリリィは湖のそばの岸壁に腰を下ろし、ぼーっと湖を眺めていた。

普段ならば、こういうイベント事は乗り気なはずだ。いの一番に『お腹が減ってきましたぁ！』と騒いで、両手いっぱいに食べ物を抱え歩くはずだ。

が、今日は手ぶらで、いつになく大人しい。

周囲にリリィ以外に人はいなかった。

ジビアは背後から近づき、頬にレモネードの瓶を押し当てる。

「――ひえぁっ！」

リリィが頓狂な声をあげた。

彼女の反応を愉快がり、ジビアは隣に腰を下ろした。

「やるよ、適当に買ってきた」

「ど、どうも……」

レモネードの瓶を手渡してやり、身体を上に伸ばした。

倣って湖を見つめるが、日が暮れていることもあり、湖は真っ黒な塊にしか見えない。

瓶の王冠をナイフで弾き、ジビアはレモネードを流し込む。

「…………………………………………」

リリィは何も語らず、ぐっと瓶を握りしめている。

仕方なくジビアから切り出すことにした。

「これ、野次馬って訳じゃなく普通に心配してんだけど」

「…………はい」

「モニカの告白、どう答えんの？」

ビクッとリリィの身体が震えた。

「普通、聞きますかぁっ⁉　そんなストレートに⁉」

「いや、あからさまに悩んでいるから」

「それは、もちろん悩んでいますけどぉ……！」

リリィが顔を真っ赤にさせ、恥ずかしそうに両手で顔を覆った。指で挟むように持つレモネードの瓶が危なげに揺れている。

（こっちもこっちで、解決まで遠そうなんだよなぁ……）

ジビアは親友の頭を見つめながら、レモネードの瓶を口で咥えた。

リリィが頭を悩ませているのは、モニカの告白だった。

――『ボクは、キミのことが好きなんだ』

任務中、死を覚悟した彼女はいつになく優しく、誠実な口調で想いを吐き出した。彼女が秘め続けた想いに誰もが驚愕し、彼女を追い詰めた理由を察して言葉を失った。

しかし、幸いモニカは生き残った。

結果、告白の言葉は宙ぶらりんに放置されてしまった。

任務終了後、少女たちの中で議論が勃発した。『あの告白は「友人として好き」という意味では？』『ただの感謝として伝えただけでは？』という意見もあがったが、最終的には『さすがに愛の告白だろう』という結論に落ち着いた。

それ以来、リリィがおかしくなった。

口数が極端に減り、たまに思い出したように顔を赤くさせては、足をふらつかせ、壁に頭突きを始める。ベッドに飛び込み足をバタバタさせ、枕に顔を擦りつける。

どうやらかなり困惑しているようではあるが――。

「しっかり聞いておこうと思って」

ジビアは、リリィからレモネードの瓶を奪い、王冠を開けてやった。

「一応報告しとくと、この件についてティアがめちゃくちゃ張り切ってる。『モニカの恋を応援するわよ！』って」

「……ティアちゃんらしい」

「黙らせようか、と思ったけど、さすがに本人と相談なしじゃ動けねぇよ」

リリィはジビアから受け取ったレモネードを一気に流し込んだ。よっぽど喉が渇いていたらしい。顔からは大量の汗が流れている。

長い沈黙の後、彼女は力なく首を横に振った。

「…………悩み中です」

「了解。じゃあ何も手を出さない」

まだ時間がかかりそうな問題である。

ジビアは、これまでリリィと恋愛の話をしたことは多くない。リリィが恋愛や性的な類(たぐい)のものを遠ざけているのは察していた。

(胸はでけーし、顔は男ウケしそうだし、男絡(がら)みで苦労はありそうだよなぁ)

そんな雑な推測をしている。

リリィは青春の大半を、山奥の養成学校で過ごしているはずだ。だがスパイという職業の都合上、街まで下りての訓練はたくさんあっただろう。客観的に見て美少女と言えるリリィが街を歩いていれば、声をかける男も多くいたに違いない。

ジビアが改めて彼女の胸を眺めていると、リリィが肩を落とした。

「い、今こそリーダーの威厳を発揮するべきとは分かっているんですが」

「は？」

「こ、今回ばかりは頭がぶわーってしちゃって……リーダーとして不甲斐ないです」

「そんなこと気にしてんの？」

「気にしますよ！　リーダーなんですから！」

「形式上のやつな」

「誰がなんと言おうとも！」

　大きく声を張った後、リリィはそのまま後ろに倒れた。

「……『灯』がモニカちゃんをまた受け入れるムードを作りたいのに」

　リリィは仰向けに倒れながら、村の中心の方を見つめている。

　祭りが一際盛り上がっているからか、人々の明るい笑い声と軽やかな笛の音が絶え間なく届いてくる。家の軒先に飾られているランタンも数が増している気がする。

　リリィの視線の先には、モニカが滞在する宿の屋根が見えた。

　ジビアはリリィの額を叩いた。

「――あて」

「分かったよ、他に動けそうなやつもいねぇしな」

　身体を大きく伸ばしながら、その場に立ち上がった。

「——あたしに任せておけよ。リーダー代理、引き受けてやんよ」

モニカが泊まっているのは、村で一番の宿だという。

壁は全て真っ白な漆喰で固められ、屋根は瑠璃色の瓦で葺かれている。都市部の一流ホテルには敵わないが、十分高級感がある。なにせジビアたちの宿泊は、テントを借りての屋外で雑魚寝なのだから。

彼女の部屋は二階の角らしい。窓から出れば、隣の建物にも飛び移れる。万が一の逃げやすさを重視して、クラウスが選んだのだろう。

ノックをして、決められた符号を伝える。

扉はすぐに開いた。

部屋着姿のモニカが顔を出した。ジビアの訪問を面倒がるように、気だるげな表情をし、すぐに部屋奥の椅子に移動する。

「ずっと屋内で過ごしていたのか？」

ジビアはからかうように言った。

「こんなラジオもねぇ漁村まで、お前の指名手配書なんて回ってねぇよ。夜に出歩くくらい、ボスも許可してんだろ？」

「怪我の調子がよくないんだ」

「嘘つけ。アネットを追い払えるくらいには治ってんだろ」

紙袋に入れたお土産を差し出した。

「湖で獲れたっつぅ魚。串焼きにしてもらった」

「……………要らない」

「じゃ、ここで食うわ」

「出てけよ」

「冷めちまうだろ」

モニカの睨みを無視して、ジビアは窓枠に腰をかけた。流れてくる夜風が、鎖骨のあたりを優しく撫でた。

ハーブがふんだんにまぶしてある魚を頰張ると、香草の香りと焦げた皮の匂いが鼻腔を刺激した。唇から溢れそうになった魚の脂を舐めとり、モニカの様子を見る。

彼女の姿を見るのは、一か月ぶりのことだった。まるでジビアの存在など無いかのように、黙って分厚い専門書を読んでいる。

（……なんかオーラ？　みたいなんが変わった？）

骨ごと魚を飲み込みながら、肌寒いものを感じ取る。

目の前で静かにページを捲る彼女は、自身の知る存在とは別人な気がした。

（……感覚的には、なんかボスに近づいたような………？）

強いて言葉に置き換えるならば――『超然』。

元々少女たちとは一線を画す実力者であったが、今回の任務で更なる飛躍を遂げたか。

伝わる圧が強く増している気がする。

ついじっと見つめてしまうと、モニカが煩わしそうに本を閉じた。

「……気を遣われると余計に哀しくなる」

自身の視線を心配と解釈したらしい。

間違いではないので、ジビアは「じゃあ気を遣わせんな」と魚串を振った。

モニカは立ち上がって、ジビアから紙袋を奪った。中には、まだ一本魚串が残っている。

「やっぱりボクも食う」

「腹減ってんじゃん」

モニカは反応せず、魚の背中側から齧りつく。

「うまいもんはたくさんあるぞ」

ジビアが口にした。

「魚もだけど、ハチミツも名産らしいぜ？　クッキーとかもある」

「じゃあ、買ってきて」

「あたしはデリバリーじゃねぇよ。下りて、自分で食べに行け」

「…………」

モニカは食べ終えた魚串を投げるように紙袋の中に戻した。ポケットから出したハンカチで指先を拭いている。

「そんな気分にはなれない」乾いた声だった。

「あ？」

「エルナを襲い、アネットを傷つけ、ティアを騙し、グレーテを監禁し、そしてクラウスさんと殺し合った」

「全部、『灯』やリリィを想っての行動だろ。それくらいは分かる」

「だからって全てが許される訳じゃない。許されていいはずがないんだ」

——だから、まだ『灯』の輪には加われない。

続くのはそんな拒絶のセリフだろう。表情が物語っている。

「魚、ありがと」モニカは紙袋を、部屋の隅に投じた。吸い込まれるように数メートル先のゴミ箱に入っていく。「でも、早く出て行って」

ジビアは溜め息をつき、腰をあげた。

「……まぁ、そうするよ。けど、また来るからな」

「もう来なくていい」

「その前にシャワー借りていい？」

「出てけ」

つれない態度にジビアは「はいはい」と短く答えた。

さすがに空気は読める。今のモニカは僅かな時間であろうと、誰かといると息が詰まってしまうようだ。

（……拗らせてんなぁ。元々めんどくさい奴だけど）

アネットを除けば、モニカを本気で責める少女は『灯』にいない。二週間以上監禁され、心身ともに憔悴する羽目になったグレーテ含めてだ。

――しかし、モニカは自分自身を許さない。

他人に厳しい評価を下してきた彼女だ。自分自身さえ甘やかさないか。

ジビアは「じゃあな」と短く告げ、モニカの部屋から出て行こうとする。

だが扉を開けた時、何かにぶつかった。

「ん？」

ちょうど扉の前に、一人の少女がしゃがんでいた。

アネットだ。巨大な機械にドライバーを突き立て、モニカの部屋の前にあるコンセントと繫ぎ合わせている。

「ジビアの姉貴っ、しーってですっ」

彼女は、自身の口元で人指し指を立てる。

「俺様特製の無音爆弾の出番ですっ。これでモニカの姉貴がいる部屋ごと――」

言葉は途中で遮られた。

ジビアが扉を閉めようとした時、その隙間を抜けるようにゴムボールが飛んできた。

鈍重な音を立てて壁と床を跳ね返りながら進む鉄入りのボールは、完璧なコントロールでアネットの額に命中する。

「アネットおぉ⁉」

思わず叫んでしまう。

うがっ、とアネットは呻いて後ろ向きに倒れていった。

部屋の中に目を移せば、モニカがつまらなそうに自身の手鏡を見つめている。アレでアネットの姿を視認し、ゴムボールを命中させたらしい。

「無駄だよ。全方位見えてるから」とモニカは冷たく告げる。

彼女の部屋の周囲一帯に、鏡が仕込まれているようだ。

アネットは額を押さえながら「うううううぅぅぅぅ」と涙目になっていた。

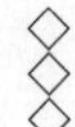

倒れてしまったアネットを運ぶのは、ジビアしかいなかった。唸る彼女を背負って、坂道を下っていく。アネットの身体は全身に機械が仕込んであるせいで、見た目以上に重い。転ばないよう一歩一歩気を遣う必要があった。

そんなジビアの気遣いなど知らず、アネットは悔しそうに暴れている。

「俺様っ、十連敗ですっ」

憤りを示すように腕をバタバタさせている。ジビアが「大人しくしないと落としていくぞー」と忠告すると、ぴたっと動かなくなる。

再び背負い直して、多くの人が行きかう小道を進んでいく。すれ違う人々は、背負われるアネットを優しい目で見つめていた。祭りにはしゃぎすぎて疲れてしまった子どもと思っているようだ。

「アネットぉ、頼むから問題事を増やさないでくれよぉ」

こんな人混みで爆弾騒ぎが起きても困る。

アネットはジビアの背中に張り付いてきた。

「……けれど俺様っ、ムシャクシャが収まりません」

「まぁ、一番の被害者だから仕方ないけどさぁ」

「俺様っ、代わりに殺してくれるように、リリィの姉貴に武器を渡したのに！　結局、白蜘蛛(しろぐも)の野郎を倒しただけで満足してやがるんですっ！　納得いかないですっ」

それもまた不満の種らしかった。

アネットが作り上げた、リリィ専用のスパイ道具——秘武器(ラストコード)《失楽園(しつらくえん)》。任務達成に大きく貢献したらしいが、アレは本来、モニカ打倒のための武器だったようだ。

「今のリリィにあまり期待すんなよ」とジビアは受け流した。

「ジビアの姉貴は」アネットは声を低くした。「落ち込むことってないんですか？」

「あ？」

「だって、姉貴。モニカの姉貴より弱いじゃないですかっ」

「ぐ、気にしていることを……」

痛い箇所を突かれて、ぐぅ、と唸る。

『灯』では同じ戦闘員でありながら、実力はモニカよりも劣る。フェンド連邦の任務で更に差をつけられた気もしなくもない。先ほどのモニカは、クラウスと似た『超然』とした雰囲気を醸し出していた。

その事実に心が挫けそうになる時だってなくはないが――。

「ん、ランタン」

「おぉ？」

返答に窮していると、一際明るい露店が目の前に現れた。

店先いっぱいにランタンが並べられていた。ランタンは薄い紙と木の枠で作られており、中に入った蝋燭の火が揺らめいている。普通のランタンと異なるのは、それが小さな気球のようなフォルムをしていることだ。

このランタンは空を飛ぶ――スカイランタンなのだ。

祭りの最終日、湖に向かって村民と観光客で一斉に飛ばすのが習わしという。村民は軒先に飾ってあるものに飛ばすための紙袋をつける。観光客は露店で購入する。

「厄払いなんだってさ」

「ん？」アネットが首を捻る。

「この祭りの目的。病気や災難、辛いことも苦しいことも全部、火を焚いて追い払っちまおうってことらしいぜ」

全てグレーテから聞いた受け売りだ。

この村のランタンフェストの始まりは二百年以上前まで遡る。

本来は夏の暑さで釣れた魚が腐ってしまうのを防ぐため、村民が協力して夜通し火を焚き、煙で燻して保存食にする習慣だった。食中毒対策の伝統が食糧の保存技術が進んだことで消えていき、いつの日か火を灯す祭りだけが残った。

「苦しいこと、ぜーんぶ、空に飛ばしちまえたらいいのにな」

ぼんやり夜空を見上げる。

が、随分と投げやりな発言をしていると自覚して、顔が熱くなってきた。「なんてな」と自嘲気味に呟いて、足早にランタンの露店を通り過ぎた。

「それより、アネット、腹減ってねぇか？　どうせモニカを追いかけまわしてばっかで飯食ってねぇんだろ？」

「…………………………」

アネットから返事が戻ってこなかった。

不思議に思って後ろを見ると、呆然と口を開けているアネットの顔が至近距離にあった。

「ジビアの姉貴って」

「ん？」

「本当に姉貴みたいですね」

「……っ」

突然言葉をぶつけられ、口から声が漏れ出る。たじろぐように足を止め、危うくアネットを落としそうになった。

「なんだよ、突然。ビックリしたじゃねぇか」

「俺様、なんとなく思いましたっ」

アネットの表情は明るい。

お世辞ではないようだ。元々そんなことを言うタイプでもない。

「ま、悪い気はしねぇけどよ」

素直な気持ちで言えていた。意気込む訳でも緊張する訳でもなく。

「それがさっきの回答かもな」

「んん？」

「あたしだって落ち込むことはあるし、嫉妬することもあるよ。けど、挫けはしねぇ。あたしは姉貴なんだよ、お前たちの」

姉貴、と自分で言ってつい口元を緩めてしまう。

そう捉えればいいのか、と思い直す。

モニカはまだ十六歳で、ジビアの一個下だ。たまには年上ぶるのもいいかもしれない。生意気な妹が拗ねているのだ、と思えば可愛いものだ。

「なぁ、アネット」

ジビアは首を捻り、きょとんとしているアネットに目を向けた。

「ちょっと、このジビアお姉ちゃんと面白いお話をしねぇか？」

◇◇◇

ジビアたちが去っていった宿で、モニカはシャワーを浴びていた。

お湯を首の裏に当てながら、目を閉じる。

こうでもしなければ、浮かれた祭りの喧騒から逃れられなかった。窓を閉めても笛の音や楽し気な人々の声が届いてくる。夜闇に抗うようにランタンが焚かれた村では、深夜になっても活気に溢れている。

シャワーの水が流れる音で浴室を満たせば、さすがに雑音は消えた。タイルを叩く水の音だけが耳に響いている。

だが、祭りの音は消えても、脳裏に流れる記憶までは消せなかった。

いくら水を浴びても洗い流せない。


フェンド連邦からニュエイク公国までは、二泊三日の船旅となった。

その間、モニカとクラウスは同部屋だった。船内スタッフと直接の接触を避けるため、食事などの手配は全て彼が行ってくれた。彼と一緒にいれば、トラブルに巻き込まれる心配はなかった。

しかし、息が詰まる時間は長かった。

クラウスと一対一になるのは、任務後初めてだった。それまでモニカは人目に付かない療養所で、治療を受け続けていた。

「良い教師というものは——」

狭い船室で膝を突き合わせていると、彼の方から話しかけてきた。

「——こんな時、どう接するものなんだろうな」

「ボクに聞かないでよ」

皮肉っぽく口にした声は途中で掠(かす)れてしまう。

彼とまともに向き合うのは、ヒューロの廃教会以来——つまりモニカとクラウスが殺し合った時ぶりだ。もちろん当時のクラウスには殺害の意図はなく、モニカにもクラウスを殺す目的はなかったのだが、あの銃弾が嵐のように飛び交った戦場は『殺し合い』という言葉以外では表現できない。

「……クラウスさんなら、どうした？」

沈黙に耐え切れず、モニカは尋ねた。

「もしボクの立場なら？『灯』とＣＩＭの間で戦争をするか、それとも自分一人で全て罪を背負うか——どっちを選んだ？」

それが当時のモニカに迫られた二択だった。

『蛇』に完全に寝返る選択肢はさらさらない。しかし、それは究極の二択を迫られる決断でもあった。

結果、モニカは全てを自分一人で引き受けた。

ＣＩＭと死闘を繰り広げ、敵うはずもなく敗走し、命を落としかけた。

クラウスが口を開いた。

「後者だろうな。僕がお前の立場なら、お前と同じ選択をしただろう」

「……っ、だよね」

「けれど、お前は前者を選ぶべきだったんだよ。お前は判断を誤った」

一瞬緩まった頬が硬直する。

クラウスの瞳には、こちらを糾弾するような厳しさがあった。

「……無茶苦茶じゃん。今、自分だって――」

「僕はお前の上司で、お前は僕の部下だからだ」

有無を言わせない程にハッキリとした口調。

モニカは視線の圧に耐え切れず、片手で顔を覆うようにして、視線を下げる。ずっと見つめ続けられない。

「リリィを庇い、ティアと協力し『翠蝶』を欺いたのは見事だった。しかし僕を遠ざけ、CIMに一人で立ち向かったことまでは認められない」

零すような口調で呟かれる。

「認める訳にはいかないんだよ、僕は」

それはモニカが知らない、クラウスの声音だった。

複雑な色合いだ。包み込むような優しさも、突き放すような刺々しさも孕んでいる。しかし、声の端々に安堵するような感情が含まれているようでもあった。

返す言葉が出てこなかった。

目の前の――冷徹なスパイであるクラウスに、そんな声を出させたことが苦しい。自分が犯した過ちを認識させられる。

「ただ改めて言う。よく戻ってきた――極上だ」

そっと声をかけ、クラウスは立ち上がった。船室から離れ、他の少女たちの下へ行くのか。あるいはモニカが一人になる時間をくれたのか。

彼の手には杖が握られている。モニカが負わせた傷のせいで、彼は満足に歩けない。

扉に手をかけたところで、彼が振り返る。

「お前が望むなら、他の少女たちと合流させるが？　どうする？」

「…………いい」

首を横に振る。

どんな顔で仲間に会えばいいのか、分からなかった。自分の口から説明せねばならないことは山ほどある。そう理解していても合わせる顔がない。自身が『灯』を裏切った事実は変わらない。

クラウスは「そうか」と呟いただけだった。

しばらく他の少女から遠ざけてくれるのだろう。リスクを回避するため、というのは方便だ。その配慮に心地よい悔しさを抱いてしまう。

「クラウス先生」

彼の背中に声をかけた。

「…………ごめんなさい」

その時、クラウスがどんな表情をしたのかは分からなかった。

モニカは顔を上げられず、視界は涙で滲(にじ)んでいた。

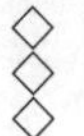

一夜明けても、モニカは宿に籠り続けていた。

ランタンフェストは最終日を迎えているらしいが、関係のないことだった。読書と筋トレ、ストレッチをしていれば、あっという間に時間は過ぎる。食事はルームサービスを頼んで、サンドウィッチを部屋の前に置いてもらった。

ほぼ毎日のように襲ってきていたアネットも、この日は来なかった。とうとう諦めたのか。ちょうどいい運動になっていたので拍子抜けする。

瞬く間に時刻が夕方を迎えた頃、部屋をノックされた。

部屋の前の様子は、窓の外に仕掛けた鏡を通して確認できる。訪れていたのは、アネットでもクラウスでもなかった。

「なに？　今度はサラ？」

扉を開けると、サラがすまなそうに頭を下げていた。

「ほ、ほんのちょっとお土産を置いていくだけなので……」

両手には紙袋が握られており、ハチミツの甘い香りが漂ってきた。ハチミツを使用したスイーツをわざわざ買ってきてくれたらしい。

食べる気分ではなかったが、親切を無下にもできなかった。

いつまでも廊下に立っていられたくないので、サラを部屋に招き入れる。

「……キミには苦労をかけたよね」

お土産のシフォンケーキを半分に千切って、サラに手渡す。

彼女は両手で受け取りながら、小さく頷いた。

「苦労をかけられても大丈夫っすよ、モニカ先輩にならば」

「そう？」

「いつもは自分が迷惑かけているっすから」

その表情には確かな自信が見て取れた。

話には聞いている。白蜘蛛を打倒した最大の功労者は、彼女だったという。絶体絶命のクラウスを守るため、たった一人で立ち向かったのだ。そして白蜘蛛から情報を聞き出し、モニカを救助することができた。

それを後にクラウスから知らされた時、彼女を指導してきたモニカにとっては、どんな言葉で表現すべきか分からない嬉しさが込み上げてきた。「ボクの期待通りだね」とすまし顔を装いながらも、口元の緩みは抑えられなかった。

「うん」モニカは小さく頷いた。「よく頑張ったね、サラ」

「はい、モニカ先輩の弟子っすから」

サラが持ってきてくれたシフォンケーキの生地には、ハチミツがたっぷりと練り込まれていた。舌を刺激する強い甘さではなく、時間をかけて口に広がる優しい甘み。

黙々と口に運んでいると、サラがおずおずと話しかけてきた。

「モニカ先輩、ほんの少しだけでも外出したらどうっすか？」

「……え、めんどい」

「自分と一緒に、とは言いませんから。ずっと部屋にいるのは心にも身体にも良くないっすよ。ランタンを空に上げるだけでも……」

こちらの反応を窺うような、上目遣いで告げられる。心の底から自身を心配してくれているようだ。

気づけば、深い息をついていた。

「……そうしようかな」

他の少女たちならともかく、サラの提案は断れなかった。

帽子で己の蒼銀髪を隠し、モニカはそっと祭りで賑わう村に溶け込んでいった。

人々の視線が気にならないと言えば嘘になるが、ジビアの言う通り、ラジオもない田舎にモニカの顔写真が出回っていることはないだろう。既に死んだはずの世界的テロリストが、こんな村祭りに紛れていると誰が想像できようか。

祭りも最終日とあって、人は一層の賑わいを見せている。

観光客の数も増えている。例年人口数百人の村に十倍以上の客が押し寄せるのだ。通りは人で埋め尽くされていた。皆、夜に放たれるスカイランタンを一目見ようと続々と集っているようだ。

宿から坂道を下りていくと、広場があった。

その中心には、軽やかな笛とハープの音に合わせ、村民が踊っている。多くは女性。草で編まれた冠を頭に載せ、黄色の花で彩られたブーケを振りながら、白色のドレスを風になびかせている。

踊り手の中にはティアがいた。

違和感なく紛れ込んでいる。どころか、ダンスの優雅さは村民よりも上だ。男性客の視線を集めて、ご機嫌にウィンクをしている。

（あのクソビッチ、はしゃいでんなぁ……）

今、彼女には話しかけられたくない。

見つかる前に、早々に路地へ入っていった。日が暮れ始めた村の路地は暗がりも多く、モニカにとっては都合がいい。

広場から流れてくる音楽から遠ざかっていくと、目を引くものがあった。

スカイランタンの露店。

祭りも終盤であるせいか、並べられているランタンは一つだけだった。なかなかに凝られているデザインだ。染色された紙が花柄模様を映している。

これが祭りの名物であるとはモニカも知っていた。

「ランタンとマッチ一個ずつ、ちょーだい」

「あいよ」

店主は最後の一個ということで、気前よく割引をしてランタンを渡してくれた。陽気な口調で、ついでにランタンの飛ばし方を解説してくれる。

「場所と時刻は分かっているか」と尋ねられたので「もちろん」と頷いた。

湖に向かって風が流れ込む時刻、湖沿岸にある会場で、村民と観光客は一斉にスカイランタンを飛ばすことになっている。火災対策のためルールは厳しい。

モニカに従う気はなかった。

スカイランタンを抱え、観光客とすれ違うたびにさり気なく顔を逸らし、一人になれる場所を探していった。途中数人の人間とぶつかり、やはり祭りの中に出かけてしまった過ちを後悔する。

少しずつ人がいない方向へ進んで行くと、やがて水産物の加工場を見つけた。

釣った魚を燻製にする場所のようだ。ナラの木特有のスモーキーな香りが漂っている。

祭りの最中は休業しているらしく、無人だった。

素早く屋根まで上って、風と湖までの距離を確認する。

風は丘から湖にかけて流れている。湖までは二十メートル程。高さは十分。

（じゃ、一足先に飛ばしちゃおうか）

安全の確認を終えると、持っていたランタンを屋根に置いた。

――邪気を、災いを、疫病を、この胸に溜まった陰鬱な感情を、空に返す。

祭りの伝承は、耳に入れていた。

今の自分には相応しいとさえ感じていた。全てを空に放ってしまえたら、と願う。

「…………ん？」

しかし、ポケットに手を突っ込んだところで異変に気が付いた。

（マッチがない…………？）

ポケットから買ったばかりのマッチ箱が消えていた。

どこかで落としたのだろうか、と疑問を抱く。だが、いくら気が沈んでいても、リリィではあるまいしそんな失態を犯すだろうか。

不思議に思っていると、背後に人の気配がした。

誰かが、この加工場の屋根に上ろうとしているらしい。

「お、モニカじゃん。出歩いていたのかよ」

ジビアだ。たまたま通りがかったと言わんばかりに快活な笑みを浮かべ、オイルライターを投げ渡してくる。

「ほれ、これを使えよ」

「……………………」

モニカはキャッチしたライターを見つめた。

どこにでもあるような変哲のないオイルライター。しかし振ってみると、妙に重たい気がした。

「断る」ライターを投げ返した。

「なっ⁉」

「ボクがマッチを失くして、都合よくキミが現れる？　そんな、わざとらしい罠に嵌まる訳ないじゃん」

深い溜め息をついて、そのまま屋根に腰を下ろした。

自身からマッチを盗んだのは、ジビアの仕業だろう。人ごみに紛れて掠め取られていたようだ。気づけなかった不覚を恥じるが、ジビアのスリ技術ならば仕方がない。

ジビアは突き返されたライターを胸ポケットにしまい、モニカの隣に腰を下ろした。

「……可愛くないやつ」

「それ、アネットの工作だろ？　なんでアイツに協力してんのさ？」

「お前をひっ捕らえて、無理やり連れ回してやろうと思ってな」

「迷惑だからやめてくれる？　そういうの」

加工場の前では、親子連れが笑いながら、急ぐように村の中心部へ駆けていく。屋根にいるモニカたちには気づく様子もない。

それを目で追いながら、ふと尋ねた。

「ねぇ、ジビア。そのライターの正体なに？」

「いつものアネット製唐辛子爆弾。火をつけようとすると、どかーん」

「ボクから盗んだマッチは？」

「……ん？　アネットが欲しそうだったからあげたけど？」

「ランタン、飛ばせないじゃん」

モニカはずっと傍らに放置しているスカイランタンに触れた。火がなければ、ただの飾り物になってしまう。

そのランタンに腕を伸ばし、顔の前まで持ち上げた。

「……ま、それでもいいかな」

「あ？」

「全てを忘れて、まるでなかったことみたいに空に返すなんて虫が良すぎるか」

簡単に手放してはいけない類のものなのだろう。

運命かもしれない、と受け入れる。自身はまだ楽になってはいけない。たとえクラウスや仲間に許してもらおうと、罪は消えない。

――『灯』を裏切り、仲間を傷つけ、ボスと殺し合った。

どんな事情があろうと、それは真実なのだ。

己の罪と向き合わねば、自身はまた同じ過ちを繰り返す。そうなれば『灯』の仲間もモニカを見放すだろう。愛想をつかし、付き合い切れないと首を横に振る。

そして、その時には自身が恋情を抱いている彼女もまた――。

脳裏にイメージが過った時、心が錆びつくような沈んだ気持ちになった。まだ許されてはいけない、サラやジビアの優しさに甘えてはいけない。そう自身に言い聞かせる。

このランタンは、空に返してはいけない。

じっと顔の前に掲げたランタンを、胸の痛みと共に見つめる。

「……お前さぁ」

ジビアが呆れたような声をあげた。

視線を向けると、怪訝そうに目を細めるジビアの姿があった。

「なんだよ？」

「もしかして――ボスに凹んでる？」

「――っ⁉」

突如顔が熱くなる。

ジビアはおかしそうに膝を叩いた。

「いやいや、さすがに分かるって！」

心の底から笑えるらしく、身体を揺すり始めた。豪快な声が夜空に響いている。

「お前にもそんなことあるんだな。まー、ボスが怒るのは当然だし、普段そういうことに慣れてないお前なら落ち込むよな」

「……っ、否定はしないけどさ」

「ただなー、やっぱりボスも分かってねぇぜ。真面目過ぎ」

ジビアは目尻を拭いた。

「そして、お前も全然ダメ。なんも分かってねぇ。あー、以前ティアが『灯』には姉がいないって言っていたっけ？」

「あ……？」

「弟や妹がいたことがあれば、答えは単純明快なんだよ」

分かったような口ぶりに眉をひそめる。

クラウスやモニカでさえ摑めていないものを、彼女だけが理解しているなどと思い上がりも甚だしい。

苛立ちながら「なにが言いたいんだよ？」と声をぶつけると、ジビアは諭すように「お前に今、必要なもん」と語り掛けてきた。

問い返す前に、言葉が続けられた。

「ちょうどいいお仕置き」

ジビアは指をパチンと鳴らした。

「『忘我』&『百鬼』――組み上げ、攫い叩く時間にしてやんよ」

モニカが掲げていたランタンに熱が帯びる。

手放す前にランタンの底からスプレーが噴射される。

唐辛子のキツイ香りが鼻腔を刺激する。何度も嗅いだことがある。アネット特製の催涙スプレー。直接喰らうのは初めてだ。想像以上の刺激。目が焼けるように熱い。痛くなり何も見えなくなる。

屋根に倒れ伏した後は、しばらくせき込み続ける。呼吸が整わない以上、身体を自由に動かすこともできない。

訳も分からないまま屈するしかなかった。

「お、しっかり喰らった」

上から気楽そうな声が降ってくる。

ジビアは催涙スプレーから逃れたらしい。モニカを盾にし、直撃をしのいだか。

「本命はランタンの方だぜ？　やっぱり本調子じゃねぇな？　ドンマイ」

ライターは囮（おとり）だったらしい。

だが納得できない。自身はずっとランタンを手放していなかった。いつランタンに工作を仕込めたというのか。

「……っ、どういうこと？　あの店主も協力者ってこと？」

せき込み、辛（かろ）うじて声を出す。

そういえば自身が進んだ路地は、サラに促されて外出した後、広場で踊っていたティアから逃げるように駆け込んだ場所だ。仲間を利用し、ランタンの露店に誘導したのか。

しかし、それでも納得できないことがある。

「けど、あの店主にそんな素振りは――」

「なかった。『蒼銀髪（あおぎんぱつ）の女にこれを売りつけろ』って命令しても、さすがに乗ってくれないし、素人（しろうと）がいい演技してくれるとも限らねぇしな」

「じゃあ、なんで……？」

「——事前に掏（す）り替えたんだよ、商品を」

そこでようやく理解する。

クラウスから情報共有をされていた。フェンド連邦の任務終盤、ジビアが導き出した騙しの技。

——『掏替（すりかえ）』。

仲間の手を借りつつ、己の窃盗技術を発揮し繰り出される詐術。店主の隙をついて、既製品とアネットの工作品を入れ替えるなど、彼女ならば朝飯前のはずだ。他のランタンは事前に買い占めていたのかもしれない。

そしてライターで油断させての一撃。

完全に意表を突かれた。

「さ、連行、連行っと」

まだ喉が痛くせき込み続けるモニカを、ジビアは縄で縛りあげていく。肉に食い込むような、容赦のないパワー。これでは縄抜けも行えない。

「っ、ちょっと――」

「あたしに負けといて、口答えすんじゃねぇよ」

このまま仲間の元に連れて行かれるのは、心の準備が間に合わない。

だが藻掻こうとすると、強く縄を引かれて、抵抗を封じられる。

「親切も気遣いもしねぇよ」ジビアが白い歯を見せた。「言っただろ？　これはお仕置きなんだよ。大人しくしとけって」

「…………………………」

気遣いはしない、と言うくせに、声は温かみに溢れていた。

自然とモニカの身体から力が抜けてしまう。逆らうのもバカバカしくなった。

「お仕置き、ね」

「おぅ」

「……じゃあ、逃げる訳にはいかないじゃん」

「ん、そういうこと」

仲間が裏切り者である自分に罰を下そうとしている――そんな名目なら逃げだせる訳もない。こちらを殺そうとしているアネットとは違うのだ。

屋根から下りる際、ジビアはいちいち「大丈夫？　下りれる？」と声をかけてくる。とてもじゃないが、こちらをお仕置きするようには見えなかった。

道に出ると、縄は服で覆うように隠された。傍から見れば、手を繋いで歩いている姉妹のように見えるかもしれない。

「まだ、あたしは独力でお前には勝てねぇけど――」

途中ジビアが悔しそうに口にする。

「――頼りにならねぇとも思わねぇよ。全部一人で抱え込むなよ」

「…………」

そんなことは分かっている、とは返せなかった。

クラウスから彼女の活躍も聞かされていた。

――ジビアは『甲冑師』のメレディスを打ち破った。

モニカとクラウスを救うため、そして、CIMの監視下から逃れるために、彼女は命懸けでCIMの幹部に立ち向かった。『甲冑師』の厄介さは身をもって知っている。モニカでは逃げ続けるしかできなかった。

彼女もまたモニカを脅かす程の成長を見せている。それは今、モニカを縛る縄が証拠だ。けれど、そんなセリフを並べたとて、彼女は「お世辞はいらねぇ」と怒るだけだろう。

ジビアはモニカに巻かれた綱を引っ張って、ぐんぐんと前に進んでいく。

その力強さにただ身を任せた。

村の外れには野原があって、キャンプ用のスペースとして観光客に貸し出されていた。

村には訪れる観光客を全員収容できる宿泊施設がないので、多くの人は野宿する。

『灯(ともしび)』の少女たちは事前にテントを借りていて、野原に三つ設営し寝泊まりしていたらしい。

「おーい、モニカを連れて来たぜー」

「「「「「「おー」」」」」」

ジビアに連れて来られたモニカが訪れると、テントにいた少女たちは声をあげた。謎の拍手で出迎えてくれる。

久しぶりに仲間全員の場に合流したモニカは、気まずさを隠すように肩を揺らした。

「ん……まぁ、色々積もる話はあるけど……」

全員が穏やかな瞳を、モニカに向けている。

モニカは小さく頭を下げた。

「迷惑かけたね、ごめん」

突然連れてこられ、まだ感情の整理がついていなかった。謝りたいことも、伝えたい感謝も山ほどある。どれほど時間がかかるかさえ分からないけれど。

「あのさ、これからはボクも――」

「あぁ、そういう湿っぽいのはいい」

モニカが口を開いた瞬間、ジビアに肩を叩かれた。

「お前にはもっと別の方法でケジメを付けてもらうことにしたから」

「は？」

「言っただろ？　お仕置きだって」

次の瞬間、ティアとサラが同時に飛び掛かってきた。

拘束が解かれていないモニカはまるで抵抗できなかった。

右腕を摑んだティアが苦笑しながら「ごめんね、モニカ。やっぱりアネットは気が済まないみたい」と呟き、左腕を摑んだサラが「す、すみません……あの、怪我に支障がない範囲にするので……」と口にした。

これから、なにが始まるのか。

押し寄せる嫌な予感に唖然としていると、後方でにやにやと笑う存在が目に入った。

「俺様っ、知ってますっ。香辛料は火で炙った方が香りが出ますっ！」

アネットがランプの前でフライパンを握っている。

彼女のそばには、モニカが購入したマッチ箱があった。

「……唐辛子……コリアンダー……黒コショウ……」

笑顔で乾煎りしているものを、隣のミキサーに移した。

続けて、他の食べ物も次々とミキサーに投げ込まれていく。

「……ホースラディッシュ……ニンニク……ヤギのミルク…生卵を殻ごと……ニシンを発酵させた、くっさい缶詰……これまた、くっさい缶詰チーズ……」

アネットが缶詰を開封していく度に、鼻が曲がりそうな悪臭が立ち込め始める。

他の『灯』の少女は、既に己の鼻を押さえていた。両腕を縛られ、しかも仲間に摑まれているモニカは直接臭いを受け止めるしかない。

アネットはそれをミキサーにかけた。固形物がばきばきと砕ける嫌な音が響き、やがて出来上がったものをグラスに注いだ。

「モニカの姉貴っ、このスペシャルドリンクを飲めば許してやりますっ！」

「――は？」

こちらに駆け寄り、モニカの鼻先にグラスを差し出すアネット。

あまりの悪臭に、隣のサラとティアも「う」と呻いた。だが、片手で鼻を押さえつつも、別の手ではしっかりモニカを押さえ続けている。

ジビアが呆れたように肩を竦める。

「一応、条件を下げてやったんだからな。モニカの捕縛を手伝うから、さすがにぶっ殺すのは勘弁してやれって」

そんなやり取りが二人の間で行われたらしい。

確かにこのままアネットに命を狙われ続けるのもどうか、とは考えていたが。その結果が、この過酷すぎる試練なのか。

しかし、これで自身の罪が許されるのならば、まだ安い方かもしれない。

「………っ、飲むけど、そ、それでもかなりキツそうで――」

「鼻からだってさ」

「え？」

「鼻から飲め。それは譲れない条件なんだって」

聞き間違いかと思った。

というより聞き間違いと信じたかった。

「俺様っ、姉貴の鼻飲み！　楽しみですっ！」

アネットが満面の笑みで飛び跳ねる。

モニカはコップ一杯になみなみと注がれた、地獄の釜のようなドリンクを見つめる。

――そもそもコレは飲み物なのか？

――というか、生卵を殻ごと入れてなかった？

そんなツッコミをする理性さえ吹き飛んでいた。全身の血の気が引いていく。

「ちょ、ちょっと待って！　いくらなんでもさぁ！　ボクだって色々切羽詰まっての決断で、ちょっとは――」

足をばたつかせて逃げようとするが、両足はまた別の少女に掴まれた。

エルナが普段より大きな声で「でも、エルナに相談してほしかったの！」と右足に抱き着き、グレーテが穏やかに「……さすがに独断がすぎましたね」と左足を押さえる。

四肢を完全に固定され、地面に仰向けに押し倒される。

「急いでくださいねー、もうランタンを空に上げる時間ですよー」

気まずそうな顔で拘束に加わらないリリィが、呑気な声をあげる。

ランは隣で呆れたように肩を竦めるばかりで、傍観を決め込んでいる。

もう誰でもいいから助けてほしかったが、他の観光客は全員、出払っている。モニカの叫びを聞く者はどこにもいない。

アネットがモニカの腹の上に飛び乗って、にこっと笑った。

「俺様っ、まずは鼻の穴に漏斗(じょうご)を突っ込みますっ！」

「あああっ‼」

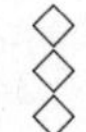

クラウスは騒いでいる少女たちを眺めたところで、そっと移動を開始した。観光客の中に紛れ、湖の方へ進んでいく。杖を突きながらゆっくりと歩む。

湖へ向かう人々の手にはランタンがあった。

クラウスの腕にも、ランタンが抱かれていた。

先ほどモニカが購入し、そして、うっかり水産物の加工場に置き忘れていったものだ。

唐辛子の匂いが漂っているが、アネットが施した器具を取り除けば、まだ使用できそうだ。

先ほどの『灯』の少女たちのやり取りは、しっかり見届けていた。

（……僕には思いつかない発想だ。さすがジビアだな）

悔やまれる。

お仕置き——かつて読んだ教育学の専門書には『懲罰は控えよ』と記されていた。所属していた『焔』でもなかった。任務でミスを犯せば、叱責されるか、あるいは労われた。

ほぼ一方的に殴られることはあったが、それは訓練の場だけだ。

失敗した者に、お仕置きなんて発想は考えもしなかった。

教師としては適切な行動とは言い難い。

しかし、今のモニカには、必要だったのかもしれない。

慰められるよりも、労わられるよりも、たとえ教育学的には不正解でも。

それでもモニカの心を救う——そんな答えもあっていいはずだ。

「結局、ランタンを上げる時間に間に合っていないじゃないか」

クラウスが湖の畔に設けられた会場に辿り着くと、まだ少女たちの姿は見えなかった。

駆けつけてくると思ったが、モニカをイジメるのに夢中になっているのか。祭りのクライマックスを見逃すのはどうかと思うが。

スカイランタンは自分だけで上げるしかないようだ。

丘の上から鐘の音が鳴り響いた。風が流れ出したのだ。集まった数千人の人々が、一斉に手にしたスカイランタンに火をつけた。

揚力を得、ランタンは膨らみ、手を離すとふわりと浮き始める。空に吸い込まれるように上がっていくランタンは、橙色（だいだいいろ）の光を放ちながら静かに回転し、他のランタンと一緒に空をオレンジ色に染めた。

観衆が声をあげる。

数千のランタンが空へ上がり始め、ゆっくりと湖の方へ流れていった。

クラウスは夜空を見上げて、呟いた。

「…………祭り（フェスト）か」

ある『焰』メンバーの教えを思い出した。

かつてクラウスに祭りの意義を説いてくれた者がいた。

――人が前に進むために必要な熱狂。

今の『灯』に相応（ふさわ）しいと感じて、ここを訪れたのだが、一定の意味があったと信じたい。

「これで完全に彼女たちの心が救われたとは思わないが」

クラウスは祈るように口にした。

「願わくば――この灯が、僕たちを蝕（むしば）む闇を払わんことを」

インターバル②

「…………さすがに対外情報室の幹部は難しい、かと」

「のっ⁉」

　せっかくの提案を真っ向から否定されるエルナ。

　詳しいことは少女たちも知らないが、時折クラウスが『上層部』と口にするので、一応それらしき組織の存在は確認できるが、さすがにランが加入できるとは思えない。

　これにも「そもそも組織図が不明なので、どんなポストがあるのかも分からないですね……」「諜報機関なので謎だらけっすね」とコメントが飛び交う。

　自然と注目が集まったのが、ジビアが挙げた『スパイとは縁遠い世界』という案。

　つまり――『引退』だ。

　スパイという職業から離れて、普通の少女としての人生を送る。

「実際さ」モニカが冷たく吐き捨てた。「『引退』ってのが最有力候補じゃない？」

　談話室がある方向の扉に、モニカがちらりと視線を投げる。

「スパイは常に危険が伴う。熱意のない者に強制はできないでしょ？」

厳しくはあるが、正論だった。

モニカ自身、スパイという職務に情熱があったとは言えないが、自己実現の願望はあった。誰かに強制された訳ではない。『灯（ともしび）』にはサラという、他に働き口がなかったためにスパイとなった少女もいるが、彼女もまた今では自身の意思でここにいる。

――バリケードの内側に籠ってしまった少女。

引退というのは、真っ当な道筋だった。

この後どれほど話し合ってみても、これ以上のアイデアが出てこないのは明白だ。結局のところ、ラン自身が何を選び取るのかの話なのだ。

「でも――」

リリィがぽつりと呟（つぶや）く。

「――本当にランさんは、もうスパイの情熱が消えてしまったんでしょうか？」

5章　NO TIME TO 退

ランの進退に関するアイデアを出し終えたところで、正午を迎えた。

ティア、グレーテ、リリィはクラウスからお使いを命じられ、外出していく。残された少女たちだけで簡単な昼食をとることにした。固いバゲットと、レタスとハムのサラダ。ドレッシングは、サラ特製のチーズたっぷりのもの。

ここ数日、サラはクラウスから直々に料理を教わっているらしい。アンチョビとチーズの香りが広がるドレッシングは絶妙な味で、いくらでもサラダを食べられた。

ジビアはバゲットにもドレッシングをつけ、口に放り込む。

「引退、ねぇ……」

途中話題にあがったのは、やはりランの進路だった。

話し合いが行われた結果、本人にやる気がない以上は「スパイを引退させるしかない」という結論に行きついてしまった。

その文字が記されている黒板を見つめ、ジビアが息を吐いた。

「正直、気が進まねぇよな。提案したのは、あたしだけどさぁ」

自身の発言を後悔するように顔をしかめている。

「さっきはつい『結構立ち直ってんだろ』とか言っちゃったけど、そんな訳ないよな。悪いことしたかも。まだ絶対傷ついているよな、アイツ」

「なの。落ち込んでいるに違いないの」

小さい口でバゲットを齧っているエルナが頷いた。

「それこそ、エルナたちだってまだ『鳳』のことは——」

続く言葉は言わずとも伝わった。

任務途中は『鳳』の死を悼む余裕さえなかったが、大きなショックを受けた事実は変わりない。『灯』の少女たちもまた、いまだ彼らを思い出せば胸が痛む。

ランの心情を想えば、自然と口数が少なくなった。

「言いたいことはわかるけどさぁ」

呆れたようにモニカが呟いた。彼女は既に食事を終え、口元を拭いている。

「いつまでも居座らせるわけにもいかないでしょ。ここは療養所じゃないんだから」

「うわ、ひでぇ」

「さっきまでキミも追い出す気満々だっただろ！」

批難の目を向けるジビアに、モニカが強く言い返す。

「……仕方ないな」

モニカは椅子から立ちあがると、食堂に立てかけたままの黒板に近づいた。

「超面倒だけど、引退後の職業まで考えてやる？」

モニカの提案に異論はなかった。

エルナが思い直したように「……ん、そうなの。ランお姉ちゃんに合った職を見つけるの！」と同意し、苦手な野菜をこっそりエルナの皿に移しているアネットが「はいっ、俺様の実験台として優秀でしたっ！」と楽し気に声をあげた。

すぐに食事を終わらせ、更なる話し合いが行われた。

続々とアイデアが挙がっていく。

「普通に大学生になるとか？」「案外、結婚したりしてな。専業主婦」「身体能力も高いし、スポーツ選手なの」「俺様、街でお店を開いてほしいですっ！　カツアゲしますっ！」

モニカがチョークを握り、黒板を案で埋め尽くしていく。

『美容師』『医者』『パティシエ』『メイド』『芸術家』『学生』『工員』『ウェイトレス』『科学者』『税務官』『保育士』『実験台』『スポーツ選手』『ホステス』『服飾デザイナー』『専業主婦』『舞台俳優』『小説家』『時計技師』『警察官』

挙げていけば、キリがなかった。

『鳳』の中では雑に扱われがちだが、彼女もまた優秀なスパイだった。記憶力や観察力に長け、運動能力もまた申し分ない。

黒板の隅まで文字が埋め尽くされていったところで、ジビアが何かに気づいたように、ん、と呟いた。

モニカが「なに？」と尋ねると、ジビアが苦笑する。

「つーか、よくよく考えれば――」

しみじみとした溜め息のような声だった。

「――あたしらだって、別に転職してもいいんだよなぁ」

「「「………………」」」

モニカ、エルナ、アネットは一斉にジビアの方を見つめる。

ほぼ同時に頭を下げる。

「「「今までお疲れ様でした」」」

「まだ引退するって決めてねぇよ‼」

声を張り上げた後、慌ててジビアは手を振り「いや、ちげぇって」と否定した。

「ただ思っただけだよ。あくまで可能性として！」

他の少女たちも、あぁ、と納得の声を漏らした。

そう、黒板に書かれている職業は、自分たちも目指せるのだ。

たくさんの未来があるのは、ランだけではない。

『灯』に来たばかりの時とは違う。彼女たちは既に任務をいくつも成し遂げ、高額の成功報酬を手にしている。今ここでスパイをやめても、すぐ路頭に迷うことはない。

無論、スパイとして国家機密を知っており、不安定な世界情勢のため、簡単とは言えないが、平穏な生活を目指すことだって可能なはずだ。

アネットがからかうように笑った。

「俺様っ、ランの野郎に気持ちが引っ張られていると思いますっ！」

「まぁ、そういうことだけどさ」

ジビアが気まずそうに同意する。

「けどランに共感しちまうよ。エリートだって命を落とすなんて現実を、突きつけられるとさ。さすがにショックだよ。逃げたくもなる」

「ん…………」

「哀しいし、不安にもなる。つい引退だって考えちまうさ」

ジビアが憂鬱げに食堂のテーブルで頬杖をついた。

ランがバリケードに引き籠る前に叫んだ言葉は覚えている。

――『スパイなんて恐ろしい世界から離れて、ここで極楽ニートライフを満喫するでござるよおおおおおおぉ！』

彼女はこの職業に対する恐怖を訴えた。

自身が命を落とすかもしれない、厳しい世界――その事実は否定できない。

食堂が微妙な心地の沈黙で満たされる中、エルナが「もしかしたら」と口にした。

「せんせいはそれをエルナたちにも考えてほしくて、指示を出したのかもしれないの」

突如クラウスから言い渡された『ランの新たな就職先を考えろ』というミッション。

あの男がただ面倒事を押し付けたとは思えない。

「なにそれ。ボクたちへの引退勧告？」

モニカが笑う。

「さすがにないでしょ。考えすぎじゃない？」

「でも、とっても大事な話なの」

「それは、否定しないけどさ。クラウスさんから言われると、寂しくない？」

語り合う二人に、ジビアもまた空気の重さを振り払うように「ま、話を戻そうぜ。今はランのことを考えてやろう」と歯を見せた。

やがてジビアの明るさに釣られるように、話題は再びランの未来に戻っていく。

自身とは無関係とも言いたげな楽し気な夢想の話。他の少女たちも同調するように、ランの新たな職業のアイデアを挙げていった。

――たった一人、『草原（そうげん）』のサラを除いて。

「…………………………………………」

彼女は少女たちの会話の輪には、加わらなかった。

少し離れた場所で、寂し気にキャスケット帽のつばを指で擦（こす）っている。何も発言することなく、ただ仲間の姿を眺めている。

モニカはそんなサラをチラリと見たが、特に追及することはなかった。

ちょうどその頃、『浮雲（うきぐも）』のランはこっそり談話室から脱出していた。

バリケードに籠ったはいいが、食糧を確保していなかった。腹が減っていた。

陽炎パレスの窓から庭へ飛び出し、街に繋がる隠し通路に入っていく。外部から隔離されているこの洋館は、専用の地下通路を通らねば基本出入りできない。

地下の空気はひやりとしていて、身を震わせる。

暗がりの道を進みながら、ランは長い息を吐いた。

（……ま、さすがにそろそろ追い出される頃でござるな）

談話室に籠りながらも、自身が迷惑がられている空気は感じ取っていた。

楽観的な彼女と言えど、さすがに覚悟をしている。『灯』の温情に甘えるのも限度がある。そろそろクラウスに叱責される頃だろう。

そうなれば、クラウスから提案される異動は予想がついた。

――『鳳』とも『灯』とも異なるスパイチームに加入する。

そして、上層部より新たな赴任先が命じられるはずだ。

（しかし、自分は――――）

唇を噛む。

身体に宿っていた使命感の熱は消えている。任務の最中は良かった。仲間を奪われた復讐心が己を衝き動かしていた。自身より圧倒的な強者とも言える、『黒蟷螂』と相対しても怯まなかった。興奮が身体を満たしていた。

——地獄の果てまで追いかけても殺す。

その憤った当時の気持ちに嘘偽りはなかった。

だが任務を終えて冷静になったところで、恐怖心が湧き上がってきた。

——『鳳』の仲間たちが次々と殺された世界に、また身を投じるのか。

——ＣＩＭの精鋭を瞬く間に殺した『黒蟷螂』に、立ち向かえるのか。

理性が告げる。自分では、無理だ。

簡単に命を落とすだけだろう。せっかく仲間が繋いでくれた命を、あっさり潰してしまうことになる。復讐はきっとクラウスが果たしてくれる。

次の任務のことを思うと、どうしても膝が震えてしまった。

際限ない恐怖が、心をひしゃげた空き缶のように潰していく。

（やはり、このままスパイという道から逃げて——）

ランが結論を導こうとした時、突如「おい、『浮雲』」と男性の声が飛んできた。

「ん？」

「もし行く当てに困ってんなら、俺が紹介してやろうか？」

咄嗟に顔をあげる。

陽炎パレスに繋がる地下通路の出口——『ガーマス宗教学校』に出たところだ。

港町アランクの大通りに面した部屋には『受付』と記された小部屋があり、その窓から気だるげな青年が顔を覗かせていた。

歳は二十代前半といったところか。気取った最近の若者という風貌。整髪剤をべったりと付けて、ぴったりと髪を撫でつけている。表情に覇気はなく頼りなさげだが、こちらに笑いかける口元には愛嬌があった。

ランは率直な感想を口にした。

「──誰だ？」

「あああああ、そんな反応だと思ったさあああああぁっ‼」

青年は激昂し、受付の窓から飛び出してきた。

唾を飛ばしながらランに近づき、罵声を飛ばしてくる。

「つーかよぉ！　何度も会ってんだろ！　昼間ここを通るたびに！」

「い、いや、一応視界には入っていたが……何者でござる？」

「っ！　あのなぁ、よく考えろ。この陽炎パレス──表向きは『ガーマス宗教学校』っつう名目で運営されている建物！　誰が管理してると思ってんだ？」

「……ん、クラウス殿ではないのか？」

「国内最強のスパイ様に宗教学校の窓口をさせろってか？　水道料金の支払いをさせろっ

てか？　荷物の受け取りをしろってか？　たまに迷い込む、入学希望者を追い払えってか？　陽炎パレスの住人が任務で出かけた後、残された花壇の世話をしろってか？」

　青年は自身の首元をぐっと親指で指し示した。

「コードネームは『星霧』。仮名はレイジ――全部、管理人の俺がやってんだよ」

　そう、あまり存在感はないが、このレイジという青年こそが『灯』を陰で支えていた。『灯』結成当時、最初ガーマス宗教学校の受付を訪れた少女たちに「……奥に」と答えて以来、直接的な接点はないが、裏でかなりの貢献をしている。

　敵国から潜入してきたスパイを捕らえる防諜任務も担う『灯』は、敵を欺くため、国内であろうと身分を伏せている。ガルガド帝国の諜報機関には情報が漏れているため効果が薄いのだが、他の国のスパイには有効だ。

　そして、そのために用いられるのが『宗教学校』『その生徒・職員』という設定だ。

　この設定のおかげで『灯』は街に溶け込み、何も知らずにやってきた他国のスパイを拘束できるのだ。

　その宗教学校という体裁を整えているのが『星霧』という工作員だった。

ランは「なるほど……」と頷いてから、首を傾げる。

「で？　紹介というと？」

「俺の手伝い——陽炎パレスの管理だ。ま、言うまでもねぇが閑職。楽な仕事だよ。最前線から退いた人間は、こういった補助的な業務に携わるんだよ」

「なるほど。お主も対外情報室の人間だったのだな」

「そういうこと。どうだ？　『灯』の連中とも仲は良いんだろ？」

「…………」

ランは眉間に皺をよせ、考える。

どうやら、このレイジという男は『灯』や『鳳』が携わった任務の結末を知っているらしい。もしかすれば自身を心配してくれているのかもしれない。

——スパイの世界から完全に退くわけではない。だが、命の危険は低い。そして親しくなった『灯』とも大きな接点を持ち続けられる。

悪くない。

むしろ、これ以上ない提案な気がしてきた。

「どうだ？　なんなら今すぐ仮雇用してやんぞ？」

気安い口調で声をかけてくるレイジに、ランは自然と頷いていた。

◇◇◇

午後二時ごろ、ティア、グレーテ、リリィの三人は息を呑んでいた。

首都リーディッツ中央にある、他のビル群の狭間に建てられた民家。宗教学校として街に潜む『灯』とは対極に位置する、あえて目立つことで他スパイを威嚇する異様な住居。

ここに毎晩寝泊まりするなど正気の沙汰ではなかった。

その玄関前で三人の少女は、己の身なりを整えていた。

「いいのよ、リリィは付いてこなくて」

「いえ、行きますよ。『灯』のリーダーとして、ここは立ち会います」

ティアの言葉に、リリィが毅然と対応する。

事の発端は先ほど、ティアが『聖樹』のダグウィンのことを思い出したことにある。

ランの話し合いを終えると、ティアは彼の身を案じて、クラウスの部屋に向かい『ダグウィンさんは大丈夫なのかしら？』と尋ねたのだ。

するとクラウスは小さく頷いた後に『ティア、すまないが会ってきてくれないか？』とお使いを依頼してきた。いくつかの指示を加えて。

彼の妹が亡くなった任務に『灯』は関わっている。

このまま彼と会わないわけにはいかなかった。

いつも通り、少女たちはノックすることなく家に入っていく。彼にそんなものは要らない。玄関をくぐった気配だけで彼は来訪者を察知できる。

ダグウィンは壁一面に本棚が並べられた一階のリビングにいた。ソファに深く腰を下ろし、本を読んでいる。濃いサングラスをかけているせいで表情は見えない。

ティアたちの方へちらりと首を曲げてくる。

「お前たちか」

ダグウィンは本を閉じた。

「フィーネたちに言ってくれるか？　この家は危険だ、と何度も忠告しているのだが、何度も遊びに来る。無論、余の妹に手を出す人間など即拘束しているのだがな」

二階からドタドタと賑やかな足音が響いてくる。

ダグウィンのコレクションルームで子どもたちが遊んでいるらしい。あそこは入念に鍵をかける程、彼にとって大切な空間だったはずだが、今は自由に出入りさせているようだ。

子どもの笑い声が響く家だったが、ダグウィンの声に力はない。

「ダグウィンさん………」

胸を痛めるティアの横で、リリィが一歩前に出る。

「初めまして、わたしは『灯』の『花園』です」

いつになく真剣な面持ちで語りだす。

「現在ボスの『燎火』は両脚を怪我しているため、代理できました。直前まで『鳳』と交流があった『灯』の代表として、ファルマさんの生前についてわたしから――」

「それ以上の言葉を紡ぐ必要はない」

ダグウィンが言葉を遮った。

サングラスの上から顔を手で押さえる。指の隙間から見える口元では、血が滲むほど唇が強く噛み締められていた。

「あのバカな妹め…………っ、だから余はあれほど…………！」

やはり既に顛末は聞いているようだ。

彼がどれだけ妹を愛していたのか知っているティアは、顔を俯かせる。どんな言葉をかけていいのかも分からない。かつて彼の言った通り、ファルマはスパイなど関係のない世界で生きればよかったのだろうか。

グレーテが小さく頭をさげ「お悔やみ申し上げます……」と苦しそうに伝えた。

ダグウィンはふっと息を吐いた。

「余は引退するよ」

「え？」

「もう情熱は保てない。アイツらの塾講師にでもなるか」

ダグウィンが子どもの声が聞こえる二階を見上げる。

妹に裕福な暮らしをさせるため、家族が暮らすこの国を守るため——それがダグウィンという男を衝き動かしていた動機のはずだ。

最愛の妹が失われた以上、彼がスパイとして生きる必要はない。さすがに孤児院の子どもたちでは、その心を完全に埋め合わせることはできなかったか。

事前に予想はしていたが、やはり虚しさに駆られた。

「だからこれは余への餞。引退試合のようなものと、考えてほしいのだが——」

そこでダグウィンは立ち上がり、ティアたちを正面から見据えてきた。

「——『燎火』と殺し合いをさせろ」

え、とリリィが愕然とし、グレーテが強く息を呑んだ。

ダグウィンはサングラスを僅かに傾け、普段見せない濃い緑色の瞳を覗かせた。その瞳の奥には強い憎悪が見え隠れしている。

数々のスパイを嵌めてきた男が放つ、本気の殺意だった。

「……理由を伺っても？」とティアが促す。

「報告書で知った。直前で『燎火』こそが、妹の面倒を見ていたのだろう？　指導しておきながら、危機を乗り越える力を授けなかった」

ダグウィンがサングラスの縁を持ち上げ、かけ直す。

「――万死に値する」

「…………………………っ」

八つ当たりだ。

誰がどう考えても責任転嫁。悪いのは全て『蛇』とＣＩＭであり、他に原因はない。

断るべきだった。取り合う必要などどこにもない。

だが、クラウスから事前に指示を言付かっていた。

――『もしアイツが果し合いを申し込んできたら、受け入れろ』

もしかしたら一流のスパイ同士、感じ取れるものがあるのかもしれなかった。ティアには分からないが、果し合いを受けなければならない程の。

「……本当に良いのね？　ダグウィンさん、相手はあの『燎火』だけれど――」

「構わん。余は元々アイツが嫌いなのだ」

彼の決意は固い。表情に揺るぎがない。

クラウスと相対し、ここまで自信を滾(たぎ)らせたスパイが果たしてどれほどいたか。

「……分かったわ。じゃあ、クラウス先生にもそう伝える」

唖然(あぜん)とするリリィとグレーテを尻目に、ティアがハッキリと頷いてみせた。

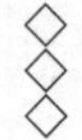

「「「「はあああぁ、決闘っ⁉」」」」

突如勃発した『「聖樹」のダグウィンVS「燎火」のクラウス』というニュースは、陽炎(かげろう)パレスに残っていた少女たちにも瞬(またた)く間に伝えられ、驚愕(きょうがく)の反応で迎え入れられた。

普段ならば、強い反発はなかったはずだ。むしろ鼻で笑うだけ。どうせクラウスが勝つと分かり切っている。

事実、ダグウィンとクラウスは以前闘ったこともあり、そこでクラウスは圧勝した。

しかし、それと今では事情がまったく違う。

「止めた方がいいの！　今のせんせいは両脚が……」

「話を聞く限り『聖樹』って男、この国トップクラスの武闘派スパイなんでしょ？」

エルナとモニカが不安要素に言及する。

そう、クラウスは現在両脚を負傷し、杖なしでは歩くのも困難なのだ。

左の太腿をモニカとの闘いで負傷し、右足のふくらはぎを白蜘蛛との闘いの最中アメリの弾丸に貫かれた。

どう考えても満足に戦闘できる状態ではない。

日頃クラウスを襲っている少女たちも、さすがにこの時期は襲撃を控えていた。負傷したクラウスと闘っても訓練にならないからだ。

「……ですが、ボスは闘う気でいます」

グレーテは苦しそうに口にする。

本心で言えば、止めたい。そんな願望がありありと感じられる表情だった。

「皆さん、手を貸してくださいませんか……？　この決闘に立ち会い、もしもの時はボスの意向に反してでも、止めましょう……！」

反対の意見は出なかった。

果し合いは、今から一時間後。港近辺の使われていない倉庫で行われるようだ。

何もそんな急がなくても、と呟きながら、少女たちは出かける支度を始めた。

「あのっ！」

そこで一際大きな声が発せられた。

全員が視線を向ける。突如、叫んだのはサラ。真剣な表情で頬を引き締めている。

「その決闘に、ラン先輩を連れて行きませんか？」

「はい？」

「——見届けて欲しいんです。スパイが引退する姿を」

サラが全員に語り掛けるよう、口にした。

「これを機に皆で真剣に考えてみませんか？　スパイが引退するということを」

周囲の少女たちは「？」と首を傾げた。

サラはいまだ仲間に伝えていない。フェンド連邦の任務後、自身の引退を考えるようになったこと。全員で円満に引退することが、彼女の夢であること。

ゆえに仲間には理解できなかったが、今回の騒動で一際真剣なのはサラだった。

彼女は『灯』で唯一、本気で引退を考えているスパイだ。

——勉強したい。スパイの引き際を。

――ランの行く末を見届け、自分たちの未来を見据えたい。

それは、サラにとって何よりも大切なことだった。

無論大半の少女たちはサラの事情など知らないので、はぁ、と気の抜けた反応をする。

グレーテだけは何か感じ取ったように頷いた。

「…………分かりました。でしたら二手に分かれましょうか」

素早く指揮を執る。

「今からすぐ現場へ向かい、決闘に立ち会う者。そして、ランさんを連れて来る者。二チームに分かれて、動きましょう」

その言葉が言い終わると同時に、少女たちは動き出した。

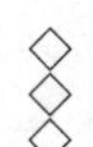

「全っ然っ、楽ではないでござる‼」

日が暮れ始めた頃、ランはガーマス宗教学校受付兼事務室で喚いていた。

両手を自由に扱えない自分にどんな仕事ができるか疑問だったが、いざ始まるとひっきりなしに動き回る羽目になった。

頻繁に受付の電話が鳴り響き、それを取るのがまず彼女の役目。

動かせる指だけで受話器を上げると、怒鳴り声が耳元で響く。

「またクレームの電話でござるよ！　『そちらの宗教学校の制服を着た少女が、昨晩、なにやら街で爆発物を使用した！』と！　これは一体どうすれば——」

「絶対に認めんな。『見間違い』と言い張れ」

レイジは淡々と対応している。

もはや慣れっこと言った態度だが、ランにとっては初めてで狼狽を禁じ得ない。

「で、では、次にかかってきた『こちらの宗教学校の茶髪の少女に助けられました。ぜひ我が娘も入学したい』という話は——」

「面倒なのは全部『戒律で認められない』と返事しろ」

「それらで対処できそうにない案件は⁉」

「新聞社と警察に圧力をかけて、適当に揉み消す。とりあえず全部、メモしておけ。後でまとめてクラウスさんに報告するから」

一方でレイジは答えながらも、ペンを細かく動かし、封筒の宛名書きをしている。二十通以上の封筒を何も見ることなく住所を書き、箱に入れた。続けて事務室の隅に積もっている領収書の山を掴み上げると、すぐに数字の合算をしたらしく、出納簿に記帳する。

この青年、気だるげな態度ではあるが、能力は高いらしい。

建物の前から車のエンジン音が聞こえると、彼は顔をあげた。

「よし、注文していた銃弾と自白剤が届いたな。受け取りに行け。あぁ、そうだ。後もしクラウスさんが来たら『屋根の修繕は来週に』と伝えておけ」

「な、なんでござるか。この仕事量は」

「……いや『焔（ほむら）』時代はもうちょいマシだったんだぜ」

遠い目をしてレイジが息を吐いた。

「『灯』になって以来、建物の修理や街でのトラブルが急増してな……」

納得の事情だ。

ランの記憶にある範囲でも、少女たちやクラウスは、陽炎パレスや街で大暴れしている。街の片隅で突如『人間投げ器』という兵器をぶっ放したこともある。毎回毎回目撃者がゼロというわけにはいかないようだ。

そのトラブルを揉み消すのは、レイジの役目らしい。

建物の修繕に関しても、軽微なものは少女たち自身が行っているようだったが、業者が必要な場合、クラウスがレイジに伝え、彼が業者を手配しなければならないようだ。

「……ん？　『灯』になってから？」

　仕事に忙殺されながら、ランはふと疑問に行き着いた。

「ということは、レイジさんは『焔』時代からここの受付だったのか？」

「二年だけな。その当時は『掃除サービス会社』っつぅことになってた。電話一本でこの国のゴミが消えるっつぅ評判のな」

「羨ましいでござるな。あの伝説のスパイたちと顔を合わせていたのか」

「まぁな。よくお土産を買ってくれたし、雑談もしていたよ。クラウスさんよりかは親しみやすい人も多かったからな」

「そうか、クラウス殿ではダメか」

「あの人、恐くね？　何考えているのか、分かんねぇから。いまだ緊張する」

　手を止めないまま、へらっと笑ってみせるレイジ。

　悪気はないようだ。

　クラウスも人付き合いを好むタイプではないので、付き合いがないのは仕方がない。

「他メンバーは、飯へ連れ出してくれることもあったよ。一回か、二回くらいだけどな」

　レイジが懐かしむように目を細める。

「『炮烙』――ゲルデさんとか、特に多かったかも」

　それは、ランにとっても印象深いスパイだった。

かつて『鳳(おおとり)』のヴィンドに修行をつけ、己の技術を注(つ)ぎ込んだ歴戦の老女。

「……そうか」

仲間の存在を連想し、心がちくりと痛んだ。

それを振り払うように積まれたファイルを手に取り、ランは事務作業を続けていく。

◇◇◇

怪我(けが)が軽い左脚と杖でバランスを取り、クラウスは黄昏(たそがれ)時の道を進んでいた。

舗装された石畳(いしだたみ)の道は、杖で突くと乾いた音を立てる。

道を行く子どもが気の毒そうな視線で見てきて、その母親らしき女性に叱られている。

余程自身が辛(つら)そうに見えるようだ。小さく息を漏らした。

これほどの怪我を負ったのは久しいことだった。フェンド連邦に滞在していた頃は、車椅子を用いていた。

正直に言えば、今は次なる任務に備え、怪我の回復に徹したい。

それでも果し合いの場所へ向かう。

ダグウィンとは親しい間柄ではないが、スパイとして語り合わねばならなかった。

脳裏にあったのは、クラウスがまだ十三歳の頃の記憶。

その頃、『炮烙』のゲルデから修行をつけてもらっていた時期がある。

彼女には夜、陽炎パレスの談話室で深酒をする習慣があった。大量の酒瓶を並べて、深夜まで一人、酔いしれる。廊下の前にもタバコやアルコールの臭いが漂ってくるので、他の住人も辟易し、時に身の心配をしていたが、健康診断をすれば結果はなぜか良好なので「不死のババア」と慄きながら誰も止められなかった。

一度だけクラウスも付き合ったことがある。

修行の一環として大量にツマミを作らされたのだ。

「ゲル婆ってよく酒を飲むけどそんなに美味いの？」

「アンタも年を取れば分かるよ、としか言えないね」

全身に鎧のような固い筋肉を纏わせる老女は、酒瓶を片手に楽し気に笑った。

気になってクラウスも酒瓶に手を伸ばすと、ゲルデに手を叩かれる。さすがにに飲ませてはくれないらしい。

「酔うっていうのは、神聖なことなのさ」ゲルデが言った。

「は？」

「酒だけじゃない。陶酔っつぅのはね、多くの民族の間で神聖な意味合いを持つのさ。陶酔に辿り着く手段は様々。今じゃ法で禁じられている大麻も、過去には儀式として用いられた地域もある。酒やタバコ、サウナ、一晩中音楽を奏でたり踊り狂ったりするなんてものもある。熱狂や陶酔。理性なんざ投げ捨てなきゃ、辿り着けない領域があるのさね」

「………ふぅん」

「この年になると、生きた知り合いより死んじまった知り合いの方が多くなる。アタシが酒を飲むのはね、死んじまった奴らと対話して、明日を生きる力を漲らせるためさ」

　当時のクラウスには、言葉の半分も理解できなかった。

　だが、次に紡がれたゲルデの言葉は心に残っている。

「人が前に進むために必要なのは、陶酔と熱狂――つまり、祭りさね」

　目を細め、ウットリするような声音だった。

　ただの酔っ払いの戯言とは異なるようだ。酒瓶に直接口をつけるゲルデの所作は美しく感じられる。

　己の偏見を恥じるようにクラウスは「ただの酒飲みが祭り？」とからかってみせると、ゲルデは「クラ坊も言うようになったねぇ」と笑いかけられた。

道中に思い出したのは、そんなゲルデとの一時。

やがて海の潮風を感じると同時に、一つの倉庫が見えて来る。海外からのコンテナを一時期溜め込むための倉庫らしいが、現在は輸入業者の一つが営業停止となったため、未使用で空いている。家がすっぽり入ってしまうような、大きな倉庫だ。

ダグウィンは、既に待ち構えていた。

果し合いであろうと、サングラスを外すことはないらしい。両手には武器らしいものは見えない。直前まで得物を開示しないスタイルのようだ。

倉庫の天井に取り付けられた強い照明の下、やってきたクラウスに視線を向けている。

先ほど思い出したゲルデからの言葉を、思い出す。

(美しい祭りはこの前、見てきたばかりだが――)

北国の漁村でのランタンフェスト。

一斉にスカイランタンが夜空を埋め尽くしてく光景は、幻想的だった。天に向かって清らかな火を放つ所作は、自然と祈りを連想させる。

しかし、それはクラウスには物足りなさも感じていた。

より強い熱狂を、より深い陶酔を。

「――お前との殺し合いが、それよりも美しい祭り（フェスト）になるだろうか？」

それ以上の言葉は交わさなかった。

予備動作もなしにダグウィンが駆け出し、二人の殺し合いが始める。

『いち早くクラウスの元に駆けつける者』、そして『ランを連れて来る者』の二手に分かれた少女たち。

後者の少女たちはすぐさまにランが築き上げたバリケードを火薬で破壊。強行突破を決め込む（無論この爆破による修繕は少女たちの手に余る。またレイジの仕事が増える）。

そしてラン自身は窓から逃げたことを察し、捜索。すぐに陽炎パレスの出入り口――ガーマス宗教学校の受付にランの姿を確認すると、直ちに捕獲。縄でぐるぐる巻きにし「ござっ!?」と悲鳴をあげるランを台車に乗せて駆け出した。レイジの悲鳴のような「まだ仕事が溜まってんだぞ‼」という罵声は届かない。

港にある倉庫までダッシュで駆け付ける。

ランを連れて来たジビアが「どうなってる⁉」と声をかける。

倉庫内部で先に決闘を見守っていたグレーテは「始まったばかりです……」と回答した。

少女たちは倉庫中央で行われている闘いに視線を送った。

「……現在、ダグウィンさんが優勢です…………っ！」

クラウスとダグウィンが激しくぶつかり合っている。

ダグウィンの武器は、暗器だった。

腕を振るう度に、拳の先が煌めいている。爪の先に刃物が取り付けられているのだろう。

毒も仕込まれているとみて間違いない。基本は拳を用いた、軍隊格闘術に似た攻撃が主体。

そして、そこに織り交ぜるように、拳を打ち出しながら鉄針を投擲する。

周囲の影響は最小限に敵を抹殺する——防諜工作員の暗殺術だった。

クラウスはそれに対し、杖で抵抗していた。傍から見る分には、アルミ製の変哲のない杖だったが、横からダグウィンの強い攻撃を受けてもビクともしない。護身用の武器も兼ねた合金製なのだろう。

明らかにクラウスが押されていた。

両脚が全快ではなく、その場でふんばれないクラウスは、ダグウィンから力強い拳が繰り出される度に後方へ吹っ飛ばされている。それでも倒れることはないが、体勢が乱れた時にダグウィンは容赦なく鉄針を投擲する。

クラウスはダグウィンの鉄針を撃ち落とすことに専念していた。

危うい場面はいくつもある。

クラウスが投げられた針を腕で防ぐ場面が既に何度もあった。針は服に刺さっている。その針が腕に到達しているかは定かではないが、仮に当たっていたら針に塗られた毒が回っている頃合いだろう。

駆けつけたばかりのエルナが「ダ、ダグウィンさんはそんなに強いの?」と目を丸くし、普段薄っぺらい笑みを顔に張り付けているアネットもこの時ばかりは「……俺様、目で追うのがやっとです」と息を吐いている。

無論、クラウスが万全ならば、ダグウィンの攻撃などいくらでも対処できていただろう。

だが、それ以上にダグウィンの格闘技術は、少女たちの予想を超えていた。

「あたし、以前、ＣＩＭの幹部と闘ったことがあるけど」

ジビアが唖然と口にする。

「……ダグウィンさんの強さ、それに匹敵するかも」

かつてジビアが争った男──『甲冑師』のメレディス。

フェンド連邦の諜報機関CIMの最大防諜組織『ヴァナジン』のリーダー。サーベルを用いた格闘術でモニカを圧倒し、そして、ジビアを追い詰めた。形式上は勝利したが、ほとんど手を抜かれており、内容は惨敗に近い。

ダグウィンの強さは、その大国の諜報機関の幹部クラスに匹敵する。

少女たちは、彼の動きを注目する。

クラウスから一度距離を取るように後退──すると見せかけて、前進。

そのまま直線的に襲いかかると見せかけ、それもフェイント。身構えるクラウスの死角に回り込むような、鎌で薙ぐような素早い足払いを放つ。

「な、なんなんです？　あの超人じみた速度……」

「いや、ボクたちは知っているよ。あの動き」

戦慄するリリィに、モニカが冷静に回答する。

その態度を見て、隣に立っていたティアもまた思い至った。彼女はダグウィンの口から聞いたことがあったのだ。

――『「炮烙」に仲間共々鍛えてもらったこともある。自分以外は全員リタイアし、数日入院する羽目になったが尊敬の念は消えない』

思い出しティアは「…………っ」と息を呑んでいた。

クラウスでさえ圧倒する足捌き。

確かに何度も見ている。銃弾さえ回避し、攻撃を掻い潜り、一方的に敵を蹂躙するための動き。闘うスパイに『不死』の力を与える、攻防一体の身のこなし。

「ダグウィンさんもまた、『炮烙』の修行を受けた一人なのよ」

そのダグウィンの技術の高さは、クラウスもまた感じ取っていた。

一度戦ったことはあるが、その時のダグウィンは冷静さを欠き、クラウスは罠に嵌めて圧倒できた。だが、今の彼にそんな隙はない。

やりづらいのは、彼の漆黒のサングラスだ。なぜそんなものを、と疑問に感じていたが、闘ってみて、己の視線を隠すためだと理解する。ダグウィンは敵をつぶさに観察し、相手がもっとも注意を欠いたタイミングで鉄針を投擲する。その予兆を隠すためのサングラス。

本気の『聖樹』と直接ぶつかって、確信を得る。

――間違いなく、この国トップクラスのスパイだった。

その事実がクラウスの心を昂らせた。

（やはりな……）

攻撃をいなしながら、頷いた。

牽制のようにダグウィンの側頭部に振るった杖は、あっさり避けられる。

空振りした隙を見逃す相手ではない。身体に飛び込んでくるようなダグウィンの肘打ちを食らい、クラウスは再び後方へ退いた。

倒れる寸前に杖で地面を叩き、バランスをとる。

カウンターの準備を整えていたが、そこへ迂闊に飛び込んでくる相手ではなかった。

（……大した練度だ。ヴィンドの件から、ゲル婆が多くの人間を無理やり修行に引き込んでいたのは推測していたが、ダグウィンもまたその一人か）

『焔』のメンバーは自身の技術を、積極的に自国の人間に託している。

最初は『託されたのは自分だけではない』事実に一抹の寂しさを感じたものだが、今ではそんな幼稚な感情は消え、むしろ誇らしさを感じていた。

ギードはかつて陸軍情報部のウェルタ＝バルト大尉に修行をつけたという。フェロニカは、ティアに希望を託した。もしかすれば他メンバーも同様の事例があるかもしれない。

――『焔』は簡単に消えない。その火種はたくさんの者が受け継いでいる。

特にゲルデはその傾向が強かったようだ。

（…………自身の引き際を悟ってのことだろうか）

老い衰えていた彼女は何を思っていたのか。

クラウスはもう一度会って、聞きたくて仕方がなかった。

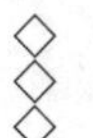

少女たちは黙って、果し合いを見守り続けた。
クラウスを殺しにかからんばかりのダグウィンの気迫に、二人を止めることさえ忘れていた。彼の技量にどこか見惚れるような心地で立ち尽くしていた。
途中、掠れるような声でティアが呟く。
「ゲルデさんの技術は、クラウス先生、ヴィンドさん、そして、ヴィンドさんからモニカに受け継がれた」

『灯』の少女たちと直接関わりはなかったスパイ。

しかし、その偉大さだけはひしひしと伝わってくる。

「たとえ亡くなったとしても、スパイはたくさんの情報を残していくのね……」

切実な実感を口にしたティアに、エルナが「そんなの今更なの」と続いた。

「『鳳』のお兄ちゃんもお姉ちゃんも『灯』にたくさんのものを残してくれたの」

後方でただ見続けていたランが「…………っ」と唇を強く結ぶ。

果し合いは既に十分を超えていた。

これだけの時間を全力で動き回れば、達人でも疲弊する時間帯。

クラウスもまた苦しそうに動きが止まっている。

その事実を好機と見てか、ダグウィンが力強く拳を繰り出した瞬間だった。

「ところで――」

クラウスの口が動いた。

「――このお遊びには、いつまで付き合えばいい？」

奇襲、そして強襲。

体力が尽きてよろけていたはずのクラウスが突如、杖を逆手に構え、ダグウィンの顎元を素早く突いた。前のめりになっていたダグウィンへクロスカウンターのように繰り出された刺突は、彼を仰向けに吹っ飛ばす。

「「「――――っ‼」」」

観戦する少女たちも理解する。

クラウスの十八番だ。敵に手の内を全て明かさせてから、一瞬で形勢をひっくり返す。

これまでの苦戦は、全て演技か。

「とうとう先生が反撃を……っ」「やっぱり本気じゃなかったか！」「動けるの！」

一度の攻撃で止まるクラウスではない。

たった一発の攻撃を食らっただけだが、ダグウィンは咽せ込んでいる。気道を押され、呼吸を乱されたのだ。

せき込む彼の横顔を、クラウスは杖で強く打った。

慌てて飛びのき、距離を置こうとするダグウィン。

クラウスは容赦をかけない。

――六連撃。

がら空きになった腹部を杖で突き、ダグウィンの身体が折り畳まれた瞬間を狙い打つように顔面へ膝蹴り。そこからクラウスは素早く杖を振るい、右から左、そして左から右と強く打った。狙ったのはダグウィンの両手の甲。手からバラバラと隠し持っていた暗器が落ちていく。最後、反応できないダグウィンの足に杖を引っかけ、転ばす。ダグウィンが顔面から地面に墜落するタイミングと同時に、クラウスはその後頭部を杖で突いた。サングラスと鼻骨が砕けるような鈍い音が響いた。

「あ……………」

観戦する少女の誰かが呻き声をあげた。

それは、クラウスが少女たちをあしらうような手心に満ちた攻撃ではない。向き合った敵の身体を戦意ごと破壊する暴力。

たった数秒で勝敗は決した。

ダグウィンはもう両手を負傷した。

手の甲を強く打たれたのだ。動かすことはできても、先ほどのように暗器は使えないはずだ。しかも彼の武器は、地面に散らばっている。拾う余裕をクラウスが与えるものか。

しかし——ダグウィンは立ち上がる。

クラウスの杖を振り払い、地面から弾かれるように跳躍。すぐさま体勢を整えている。

割れたサングラスを投げ捨て、捻じ曲がった鼻から滴る血を拭う。

辛うじて戦闘継続の意思を見せるが、満足に拳を握り込むことさえできていない。

これでクラウスに敵うはずもなかった。

「ダグウィンさん！　もういい！　やめましょう‼」

ティアが慌てて駆け寄った。

「元々こんな殺し合いに大義なんてない。このままじゃ本当にどちらかが命を――」

「邪魔をするなっ‼」

ダグウィンの怒号が倉庫中に響き渡る。

「賢しらに理屈を並べるな。浅薄な論理をほざくな。そんなもので余を止めるな‼」

「…………っ！」

ティアが歩みを止める。

吠えるダグウィンの瞳には、強い憎悪と溢れんばかりの悲哀が宿っていた。

「そんな乾いた言葉で！　この胸を貫く哀しみが癒せるものかっ‼」

まるで獣のような、力強い叫びだった。

しかし、その倉庫の屋根に反響する声は、『灯』の少女たちの心を強く打っていた。悲鳴。あるいは慟哭。そんな言葉では形容できない程の、哀しい咆哮。

「燎火っ‼」

ダグウィンは血だらけの顔でクラウスを睨みつける。

「なぜお前がそばにいてやらなかった‼ 『鳳』のボスになってやれなかった‼ そうなれば、こんな悲劇など起きなかったのではないかっ⁉」

「結果論でしかないさ」

表情なくクラウスは答える。

その乱暴な責任転嫁を嘲笑うことなく、静かな視線をダグウィンに送っていた。

「気が済むまでかかってこい」

猛るように声をあげ、ダグウィンがクラウスに向かって駆け出していく。大きく振りかぶられた、もはや隙だらけの乱暴な拳を懸命に繰り出していく。

「なぜ貴様はっ‼ 妹の仇をまだ討っていないのだっ‼」

攻撃と同時に、涙交じりの叫びが放たれた。

クラウスはもう反撃することなく、冷静にその攻撃を見切っていた。

「妹はっ！ なぜ命を落とさねばならなかったのだ⁉」

ダグウィンは尚、吠え続ける。

その有様を見て、『灯』の少女たちはこの果し合いの意図をようやく理解した。

ダグウィンは本気で恨んでいるのではない。

「なぜ、この世界から‼　妹が消えねばならなかったのだ⁉」

ただ最愛の妹を奪われた哀しみのぶつけ先を、欲して（ほっ）いるだけ。

そうでなければ、やりきれない。ダグウィンがどれほどファルマに愛を注いでいたのかは、既に全メンバーがティアに聞かされている。

そして、クラウスはその痛みを受け止めてやることにした。

――彼もまた最愛の者を亡くした過去を持つ。

全てが腑（ふ）に落ちた時、離れて観戦する少女たちの中から、突如一人が駆け出していった。

「リリィっ⁉」と諫（いさ）めるジビアの声など聞かず、リリィは猛進する。

決闘を止めるのか、と誰もが思ったが、違った。


「――ダグウィンさん！　加勢しますっ！」


リリィはクラウスに向かって、豪快なドロップキックをかました。

「そうですよおおおおおっ‼」

クラウスの杖に攻撃をいなされながらも、リリィは再度、吠える。

「先生なら！　なんかスッゴイ察知能力で、これくらい想定できなかったんですか⁉」

「僕は神じゃない」

リリィの加担さえも予期していたように、クラウスは平然としている。

「僕にだって分からないことはあるんだ」

「でも『世界最強のスパイ』なんでしょう！　所詮は自称ですかっ‼」

これまでにない程の暴言と共に、訓練用のナイフで襲い掛かるリリィ。

叫ぶことはダグウィンと同じ内容だ。悲哀に溢れる責任転嫁。

無茶苦茶な言い分を、リリィが怒鳴るように訴える。彼女の瞳にも涙が滲んでいた。

その様を見て、他の少女たちも唇を結んでいた。

そう——非業の死に慟哭したいのは、何もダグウィンだけではない。

「あたしも加勢するっ！」「エルナも行くのっ！」「私もっ」

次に駆け出していったのは、ジビア、エルナ、ティアの三人。

真っ先にクラウスの元へ辿り着いたジビアが、クラウスめがけて前蹴りを放つ。

「そうだよ‼　アンタはっ！　あたしらなんか見捨てて『鳳』に行けばよかったんだ！」

「あるいは、せんせいなら『灯』と『鳳』、二つのボスになれたの！」

続けてエルナが涙ながらの頭突きをかました。

クラウスは動じない。杖を横にして、攻撃を同時に受け止めている。

「お前たちだって」静かに口にする。「『鳳』を守れなかっただろう」

追いついたティアが、クラウスの顔を強く張ろうとする。

「クラウス先生の指導力不足よっ‼　このダメ教師っ‼」

形勢は再度、逆転した。

まだ辛うじて動けるダグウィンにサポートするように、リリィ、ジビア、エルナ、ティアがフォーメーションを組んだ。五対一となり繰り出される波状攻撃に、再びクラウスが押され始める。防戦一方となっていく。

それでもリリィたちは手心を加えることなく、「先生のせいだ！」「ボスなら『鳳』を守れたっ！」と強く声を張り続ける。

だんだんとクラウスが倉庫の壁際に追い込まれたところで、別の少女が動き出す。

「……皆さん！　これ以上、ボスを糾弾するのは違うでしょう……っ！」

グレーテが怒って駆け出し、ジビアとリリィの身体を後ろから突き飛ばした。

連携が乱れたところに、更に走り込んだアネットがティアにヒップアタックをかます。

「俺様っ！　姉貴たちがザコすぎるので、クラウスの兄貴は『灯』から離れられなかったと思いますっ！」

「うるさい！　アナタ、自分だけ賢いつもり⁉」ティアも負けじと反論する。

「むむっ⁉」

「私たちが弱いなんて！　そんなのっ‼　分かり切っていたことじゃない！　先生は私たちなんか見捨てればよかったのよ！」

ティアはそのアネットの突撃を受け止め、横に投げ飛ばした。おぉ、と驚く声をあげながら、アネットが綺麗に着地する。

体勢を整えたリリィがキッと強くグレーテを睨みつける。

「グレーテちゃん、邪魔させませんよ！　この色恋イカレアンポンタン！」

「なんですと……っ⁉」

「今は先生に怒るタイミングですよぉおおぉ！」

「……っ、脳みそまでお花畑になられたのですかっ」

グレーテとリリィが摑み合いを始めた。本来ならば力ではリリィが勝るのだが、先の任務で彼女は肩を負傷しており、互角の押し合いとなる。

苛烈なバトルが繰り広げられ始めた。

ティアに再度体当たりをしているアネット。そのアネットを横から摑み、頰をつねっているエルナ。争う彼女たちの隣では、ジビアが連携能力を発揮し、ダグウィンと巧みにクラウスを追い詰めている。クラウスを守りたいグレーテは、中々リリィの妨害を突破できない。

　互いに哀しみをぶつけ合う。

「なんでヴィンドさんが死ななければならなかったんですか⁉」「なんでビックスを助けられなかった！」「クノーお兄ちゃんには生きていてほしかったの！」「キュールさんとまた一緒に過ごしたかったわっ‼　なんでよ⁉　なんでもう会えないのよ⁉」

　溜め込んでいた悲嘆をぶつけ、時に容赦なく目の前の頬を張る。頬を張った者は倍の力で張り返される。張られる度に涙が宙を飛び、誰かの涙と混ざり合う。

「僕たちが弱いからだ」

　狂乱の中でクラウスの哀し気な声が響いた。

「僕たちが未熟で、痛みに満ちる世界を変えられないからだ……っ！」

「そんな言葉で納得できるはずないだろうがあああっ‼」

　クラウスの声を切り裂くように、ダグウィンが血だらけの拳で飛び掛かる。

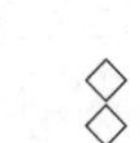

　仲間同士で殴り合いが勃発し、収拾がつかなくなった倉庫で、いまだなおモニカとサラ

は静かに観戦を続けていた。

「大乱闘だね。賑やかー」

「そ、そうっすね……」

モニカの気の抜けたコメントに、サラが呆れ笑いで返した。

もはやダグウィンとクラウスの果し合いではなくなっている。無茶苦茶だ。ダグウィンの加勢に入ったリリィとジビアが突如殴り合いを始め、クラウスの加勢に入ったはずのアネットとグレーテもまた互いを押し合っている。敵味方関係ない、大乱闘になってしまっている。

普段、静淑な態度を崩さないグレーテでさえ感情を剝き出しにしている。

この混沌とした光景に、愕然としていたのはランだった。冷静に会話しているモニカたちに呼びかける。

「と、止めなくていいのか!? これは――」

「大丈夫じゃない？ 身内で殴り合うのは『灯』の日常みたいなもんだしね」

ボスであるクラウスを襲うという訓練を日夜繰り広げているチームだ。

仲間同士で乱闘しようと今更驚かなくてもいい、とモニカたちは判断していた。

むしろ、必要な儀式なのだ。

ダグウィン同様、『灯』のメンバーたちもまた哀しみのぶつけ先を欲していたのだから。

「ねぇ、サラ」

モニカは乱闘を見つめながら呟いた。

「はいっす？」

「――キミさ、引退を考えているんだろう？」

図星を突かれたサラが息を呑み、顔を赤くしてモニカを見つめた。

「えっ、あ、いえ……ど、どうして……？」

「ボクに隠せると思ったの？」

モニカが愉快がるように、相好を崩した。

「大丈夫、分かってる。今すぐ引退するわけじゃないんだろう？　いずれ気持ちの整理とケリがついたら。そして、その時は『灯』の皆と一緒に。全員生き延びて――でしょ？」

「はい、実はそう思っているっす……」

全て言い当てられて、観念したようにサラは頷いた。

元々いずれモニカには相談するつもりでいた。まさか全部お見通しとは思わなかったが、さすが自身の第二の師匠だと言う他ない。

「なるほどね。だから、皆にも『引退』を考えてほしかったんだ」

「はい。一つの選択肢として、あってもいいじゃないっすか」

「まぁね……それは否定しない」

「でも、この光景を見たら分かるっすよ」

サラは乱闘を繰り広げている仲間を再度見て、苦笑する。

「——まだ引退する時じゃない」

力強く口にする。

「自分たちはこの哀しみを乗り越えて、託してくれたものを受け取って、前に進まなければならないんです。いつか自身がスパイとして生きた証を、誰かに託せるように……！」

「ん、やっぱそうだよね」

モニカはそれだけ確かめたかったように深く頷いた。

元々スパイという職務に強い動機はなかった二人だが、それでも今は確かな使命感を胸に宿している。

仲間を守るため、そして、世界を変革するため。亡くなった同胞の無念に報いるため。

もちろん、それでも耐え難い苦痛に苛まれる時はあるだろう。心が挫ける夜は何度も訪れるだろう。

そんな時は全員で嘆き、発散してしまえばいい。

ふざけんな、と罵り合い、お前のせいだ、と喚き散らして、それでも前に進めばいい。

いつか、自分たちもまた誰かに生きた証を託せるようになるまで。

モニカがくすりと笑った。

「じゃ、この哀しみを乗り越えるためにボクたちも参戦しようか」

「はい、リリィ先輩たちに加勢するっす！」

そこでモニカとサラは一緒に駆け出し、まだダグウィンと争っているクラウスに向かって、二人で飛び蹴りをかました。

彼女たちもまた強く「なんでファルマ先輩と二度と会えないんですか⁉」「なにが『極上だ』だよ⁉　いつもカッコつけやがってっ‼」と怒鳴り、乱闘の中に揉まれていく。

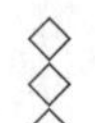

祭礼と暴力は、時に密接な関わりを持つ。
死者が出るような過激な祭りは世界中にある。そうでなくても毎年怪我人が出るような祭りも数多くある。急斜面を大人数で駆け降りるもの、その日だけは殴り合いが認められるもの、街に雌牛が放たれるもの、農作物を互いにぶつけ合うもの。

発祥や由来は異なれど、社会学者はそれらの目的を『発散』と分析した。

倉庫で行われたのは、スパイたちの狂騒だった。

闇に潜み、世界の裏役に徹する者たちによる、本来あってはならない祭り（フェスト）。

日頃の理性などかなぐり捨てて、獣のように喚き散らす。

普段抑えている仲間への不満さえも吐き出し、世の非情を訴える。

リリィが泣き腫らした目でクラウスの肩を殴り、グレーテとティアが互いに泣きながらビンタし合う。ジビアとアネットが喉を嗄（か）らしながら罵り合って、エルナが言葉にならない声をあげながらサラの胸を叩（たた）いている。モニカが挑発的な笑みでダグウィンを殴り、ダグウィンもまたモニカの攻撃を見切り、強い罵声を飛ばしている。

――自分たちの弱さが辛（つら）かった。

『鳳（おおとり）』を奪った世界の残酷さが憎かった。

怒りは「ふざけんなっ！」という荒々しい感情に変わり、目の前の人間にぶつけるしかなかった。「どうしてっ！」という嘆きの言葉を吐き出し、乱暴に拳を横に振るった。

けれどもスパイたちの狂騒は、やがて終わりへ向かっていく。

多くの少女はフェンド連邦の任務で、深い怪我を負っている。次々と力尽きて仰向けに倒れていく。冷たい倉庫の床に背中をつけ、大きく胸元を上下させ、荒い呼吸を繰り返す。全身から溢れ出した汗が、倉庫の床に沁みていった。

一人、また一人と気絶するように動けなくなっていった。

興奮によるアドレナリンで動き続けられた少女も、一度動きを止めてしまうと、もう指先一つ動かせなかった。

その中でも最後まで立っていたのは、ダグウィンとクラウスだった。

ダグウィンは潰れた鼻を応急処置することなく、いまだ敵意を剝き出しにした瞳でクラウスを睨みつけている。

それに対するクラウスは、平然とした態度を崩していなかった。

「…………無茶をするな。これ以上は、怪我を悪化させるぞ」

「燎火……っ！」

その落ち着いた態度がダグウィンの激情を煽ったようだ。足をふらつかせながらも、最後の力を振り絞るように大きく拳を振りかぶる。

「貴様が‼　貴様がもっとしっかりしていればっ――」

その最後の一撃は、思わぬ人物によって止められた。

「──もういいでござる」

パシッ、と拳が掌(てのひら)で受け止められる。

ダグウィンの右手を包み込むように、ランが包帯だらけの右手の掌で受け止めていた。

諦めのような笑みをランは浮かべ、労(いた)わるような視線をダグウィンに送っている。彼女の口から零(こぼ)れた声は、いたく穏やかだった。

「悪いのは全て『蛇(へび)』だ。身内で罵り合っても、虚(むな)しいだけでござるよ」

「……？　貴様の名は？」

「──『浮雲(うきぐも)』のラン。『鳳』の生き残りでござる」

ダグウィンの肩が揺らいだ。

彼もまたその存在を知っていたようだ。ファルマの最期(さいご)にもっとも近くで立ち会った少女。ファルマたちに救われ、唯一生き延びた者。

ランは両目から伝う涙を拭うことなく、ダグウィンを見据える。

「自分もまた、何度も涙を流してきた。心が挫けてしまった。けれど、今理解できた。想(おも)いを吐き出しくなった……」

涙ながらに声をあげる。

「その通りだ！　――なぜ『鳳』の兄さんたちが死ななければならなかった⁉」

ランはダグウィンの右手から手を放し、深く頭を下げた。

「お願いします。自分を『巓』に加入させてください……！」

それは、少女たちが起こした狂騒から生まれ出た衝動だった。

理性など投げ捨て、剝き出しの本能を喚き散らした宴。その興奮の渦にランもまた飲まれた時、自身の想いを確かめられた。

――恐くて仕方がない。それでも自分は、スパイとして前に進みたい。

『鳳』の命を奪った、この世界の在り方を変えるために。

ダグウィンは突然のランの申し出にも、動揺する素振りを見せなかった。じっとランを見て、ゆっくりと背筋を伸ばし、倉庫の天井を見上げて脱力をするように息を吐く。

「お前はどうなんだ？　『聖樹』」

ダグウィンがそれ以上の言葉を紡がなかったので、クラウスが促した。

「本当に引退するのか？　両脚を負傷した状態であろうと、僕に傷をつけられるスパイはそう多くないんだがな」

ダグウィンの攻撃は、しっかりとクラウスにも届いていた。切り傷程度の軽傷だったが、何度かクラウスの予想を超える瞬間もあった。

このまま引退させるには、惜しい人材だ。

「お前は、こんな引き際に納得できるのか？」

「さっき伝えた通りだ」

ダグウィンは倉庫の床に転がっている割れたサングラスを拾いあげた。付けていないと落ち着かないのか、すぐにかける。

「納得できるわけがないだろう、こんな結末」

「そうか――極上だ」

これ以上は尋ねるまでもなかった。

ダグウィンは静かな口調でランに「後日、余がテストしてやる。両手を治してから来い」と命令し、ランは「分かったでござる」とハッキリと答える。

「妹の友人と言えど、容赦はしないぞ。最低限、余を『お兄ちゃん』と呼ばなければ、愛でる対象にはなりえん」

「……？　よく分からんが、それもテストなのか？」

「そして、その変な口調はやめろ。癪に障る」

「ござっ⁉　こ、これは譲る気はないでござるよ！」

彼らは会話を交わし合いながら、倉庫を去っていった。

背中に、先ほどまでのような哀しみは感じられない。発散できたようだ。これで全部が忘れられるとは思わないが、心を整えるキッカケとなったようだ。

「……手間をかけさせる」

クラウスは大きく息を吐き、全身の力を抜いた。

『聖樹』が引退することになれば、ディン共和国としてもかなりの痛手だ。彼を引き留める上で、どうしても避けられない闘いだった。

だがクラウスにとっても、それがランの闘志を再燃させたのは想定外。

ここに彼女を連れてきてくれた少女たちのお手柄だった。

いまだ倉庫の床に倒れているリリィがにっこりと微笑んだ。

「ふふん、なんだかんだうまく、まとまりましたね……」

「お前たちの暴言については、幾らかの苦言を呈したいがな」

「あぐっ」

「まぁ水に流そう。こうやって感情をぶつけ合う時間が僕たちには必要だったんだ」

クラウスは少女たちに起き上がるよう、命じた。

「せっかくだし、レストランにでも行こうか。僕が御馳走してやる」

そう伝えると、少女たちは突如「「「おぉ！」」」と目を輝かせ、お互いに手を貸し合って、立ち上がり始めた。その笑い合う表情は、先ほどまで怨嗟の声をぶつけ合っていたと思えない。「肉料理がいい！」「いいや、魚料理！」と言い合い、行きたいレストランをピックアップしている。

やがて歩き始めた少女たちの最後尾にいたのは、サラだった。

大股で歩く仲間を見つめながら、先ほどの決意を自らに言い聞かせるように、胸の前で拳を握り込み、強く口にする。

「まだ退く時じゃない」

少女たちは退かない。

哀しみを乗り越え、前に進む。

おまけSS

ランの退去や引退に関わる騒動が終わった翌日の昼、広間で寛（くつろ）いでいた少女たちの元に、エルナが焦（あせ）った形相で「大ニュースなのっ‼」と飛び込んできた。

扉を開けた彼女はそのまま絨毯（じゅうたん）のたわみに足を引っかけ「のおおおおおおおおおおおおおおっ‼」と豪快に転倒する。見事なヘッドスライディングをかまして、広間中央へ滑り込んでいった。

「突然どうしました？」とリリィ。

「ほ、本屋さんでとんでもないものを見つけてきたの……‼」

彼女は顔面を押さえつつ、転んでもしっかり握りしめていた一冊の本を差し出した。

タイトルは――『戦慄！　世界の怪人大辞典 vol.1』

えらく俗っぽい本だった。大衆向けの真偽不確かな情報を載せた、娯楽雑誌。飲み屋での話のネタにしかならない本だ。

少女たちはそれを開いていくと、あ、と一斉に声をあげた。

そこにはなんと、見覚えのある名前が並んでいたのだ。
――【大悪女リリリン　ミータリオ三十四人殺し！　人類史上最悪の殺人鬼!!】
――【大導師エルーナ　豪華客船に舞い降りた、美しき神の使い!!】

見開きには、リリィとエルナが関与した事件がかなり誇張されて載っていた。

まず、ムザイア合衆国の首都での『紫蟻』による虐殺の汚名を、事態収拾のために背負うことになったリリィ。彼女は噂に尾ひれがつき、とんでもない悪女として紹介されていた。生存説もあり、今もなお合衆国での恐怖の象徴らしい。

そして、ムザイア合衆国に向かう豪華客船で巻き込まれたシージャック騒動で、なぜか新興宗教団体のトップに立ったエルナ。彼女が指導者となった『太陽に傅く団』はその後、ムザイア合衆国の映画界に影響を及ぼしているらしい。団員がインタビューの際に語るのは「金髪の天使に出会い、我々は変わったのだ」という逸話だった。

確かに世間を賑わせたが、こんな風に取り上げられるとは。

ページには、本物とまったく似てない人物画が差し込まれているが、髪の色や体格などの特徴は押さえられている。

ティアとモニカは腹を抱えて笑いだした。

「さすがに、ここまで有名だとスパイとしてどうなの」

「うっわー、おかしい！　ふぅん？　他のページはどんなのが載ってるの？」

にやにやとしながら雑誌のページを捲る二人。

次の見開きには、更に二人の人物が取り上げられていた。

――【大罪人モニモニ　ダリン皇太子を殺した、世界を震撼させた暗殺者!!】

――【大首領ティティカ　伝説の秘密結社『烽火連天』の美しきリーダー!!】

「「…………………」」

絶句する二人。

だが、彼女たちが起こした騒動の規模を考えれば、これも当然の結果だ。

フェンド連邦の皇太子を殺した罪を自ら背負ったモニカはもちろん、その混沌の中で大規模な世論誘導を行い、暗殺者の正体をいち早く詳らかにしたティアは、全世界が注目する存在となっていた。

幸い、本に取り上げられている情報の多くは誤っているため、今後のスパイ活動に影響を与えることはない。微妙に名前が似ているのは気になるが。

　言葉を失う二人の周囲で、他の少女たちもそれぞれに大きな反応を示す。

「俺様、姉貴たちには呆れましたっ！　ダメダメです！」とアネット。

「いいなー、あたしも何かカッコイイ異名が欲しいかも！」とジビア。

「……いえ、さすがにどうなんでしょうか。これ……」とグレーテ。

「大悪女、大導師、大罪人、大首領。と、とんでもないチームっすね、『灯』」とサラ。

　少女たちが思い思いの感想を漏らしていると、ちょうどクラウスも広間を訪れ、渡された雑誌を見て、深い溜め息をついた。

「頼むから、これ以上増やすなよ」

　それは彼の心からの本音だった。

　だが、この雑誌には『vol.1』というナンバリングがされている。続刊が前提らしい。

『vol.2』がどうなるのか、考えたくもなかった。

あとがき

お久しぶりです、竹町です。

『スパイ教室』の短編集の4冊目。過酷な展開続きのセカンドシーズンの裏側。

まず言い訳から。読者様の中には「おい、竹町。2022年10月に短編集03、2023年1月に幕間的な本編9巻、3月に短編集04って、全然ストーリー進行しねぇな！」と口にしたい方もいるかと思われます。

――仰る通りです。ごめんなさい。

7巻8巻をできる限り短い期間で出したく、担当編集さんにお願いして、短編集を後回しにしていたのが原因です。二か月に一本ずつ溜まるドラマガ連載分をセカンドシーズンが終わったタイミングで放出した結果、こんなに短編集の発売が偏ってしまいました。次の本編10巻ではガンガンストーリーを進めていくので、よろしくお願いします。

では、それぞれの短編にコメントしていきますね。

「case 養成学校」リリィ編。養成学校に戻る話で文庫一冊分くらい書けそう。悩んだ。

「case他スパイチーム」ティア編。コメディ寄り。この短編集の中で一番好き。

「case 諜報機関幹部」エルナ編。クラウスとアメリさんはいつもギスギス。もっとやれ。

「case スパイとは縁遠い世界」ジビア編。たくさんの『灯』メンバーが彼女に救われている。

「NO TIME TO 退去」「NO TIME TO 退」実は1巻から登場しているが、それ以降出番がなかったレイジさん。陽炎パレスの管理人。最後の最後までランの進路の候補でした。

以下、謝辞です。今回の短編集を描くにあたって、アニメ『スパイ教室』シリーズ構成の猪爪慎一さんから6巻刊行直後の時期に頂いた「ファルマの掘り下げはもうしないの？」という言葉がヒントとなりました。「確かに！」と感じたので、彼女の兄などを出したところ、短編集04が綺麗にまとまった気がします。ありがとうございました。

またいつものことながらトマリ先生にも感謝を。アニメ関連でたくさんのご負担をかけていると思いますが、素敵なイラストをありがとうございます。口絵の『鳳』集合絵、どうしても見たかった一枚です。

………これで『鳳』を描ける機会は、減っていくのかも。寂しい。

次回の短編集は、ちょっと特別なものになる予定です。とうとうあのスパイチームの物語が描かれます。が、本編10巻の方が先ですね。ぜひ放送されているアニメ『スパイ教室』を見ながら、お待ちくださいｏではでは。

竹町

初出

case 養成学校
ドラゴンマガジン 2022年5月号

case 他スパイチーム
ドラゴンマガジン 2022年7月号

case 諜報機関幹部
ドラゴンマガジン 2022年9月号

case スパイとは縁遠い世界
ドラゴンマガジン 2022年11月号

他、書き下ろし

SPY ROOM
the room is a specialized institution of mission impossible
NO TIME TO TAI

次回予告

Next mission

スパイ教室 10

次なる舞台は、
革命の潰えた国――ライラット王国。
激動の3rdシーズン、本格始動。
2023年夏
発売予定。

お便りはこちらまで

〒一〇二-八一七七
ファンタジア文庫編集部気付
竹町（様）宛
トマリ（様）宛

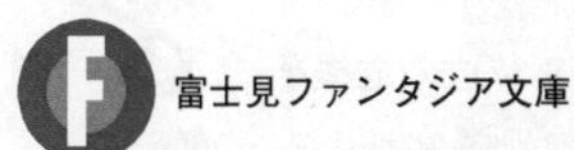

スパイ教室 短編集04

NO TIME TO 退

令和５年３月20日　初版発行
令和５年６月15日　３版発行

著者――竹町

発行者――山下直久

発　行――株式会社KADOKAWA
〒102-8177
東京都千代田区富士見2-13-3
0570-002-301（ナビダイヤル）

印刷所――株式会社KADOKAWA

製本所――株式会社KADOKAWA

ISBN978-4-04-074919-8 C0193 ◆◇◇

これは世界を救う

久遠崎彩禍。三〇〇時間に一度、滅亡の危機を迎える世界を救い続けてきた最強の魔女。そして——玖珂無色に身体と力を引き継ぎ、死んでしまった初恋の少女。

無色は彩禍として誰にもバレないよう学園に通うことになるのだが……油断すると男性に戻ってしまうため、女性からのキスが必要不可欠で!?

シン世代ボーイ・ミーツ・ガール!

王様のプロポーズ 1

King Propose

橘公司
Koushi Tachibana

[イラスト]——つなこ

最強の初恋
シリーズ
好評発売中!
ファンタジア文庫